KB058073

늑대와 토끼의 게임

늑대와 토끼의 게임

아비코 다케마루

김윤수 옮김

SIGONGSA

프롤로그

대체 어쩌다 이렇게 된 걸까?

도모키는 죽을힘을 다해 뛰면서 자문했지만, 답은 나오지 않았다.

물론 어쩌다 이렇게 됐는지는 안다. 하지만 정말 알고 싶은 답은 그게 아니다.

왜 자신이 이런 일을 당해야 하는가이다.

내가 뭔가 잘못했나? 전혀 아니다. 그런데 왜?

이제 도움을 청할 사람도 없다. 어떻게 해야 할지도 모르겠다.

"잠깐…… 잠깐만 기다려."

어느 틈엔가 뒤처져 있던 고스모가 잠긴 목소리로 뒤에

서 부른다. 지친 탓인지, 충격 때문인지, 목소리에 힘이 하나
도 없다.

도모키가 멈춰 선다. 뒤쫓아 온 고스모가 허리를 굽혀 무
릎을 짚고 온몸으로 헐떡인다.

"조금만…… 쉬었다 가……."

코멘소리다. 얼굴을 일그러뜨리고 눈물 콧물을 줄줄 흘
리고 있다. 또 이 얼굴이다. 하루에 두 번이나 고스모의 이런
얼굴을 볼 줄이야. 그도 그럴 만하다. 이제 아무것도 믿을 수
없고, 의지할 사람도 없다. 이번에야말로 사면초가다. 고스모
가 아무리 센 척해도 이 상황에서는 나약한 소리가 나올 수밖
에 없다.

이렇게 뛰면 뭐 해. 어차피 어디선가 쉬어야 하는데. 갈
데도 없잖아. 도모키는 조금 진정된 뒤 그렇게 생각했다.

이제 어떻게 할지 다시 생각해야 한다. 그런데 이렇게 밖
에서 멈춰 있으면 초조하고 불안해서 가만히 있을 수가 없다.
아스팔트에서 종종거리며 제자리걸음이라도 해야 조금이나
마 진정이 된다.

고스모는 간신히 숨이 가라앉은 듯, 몸을 일으켜서 약간
차분해진 모습으로 말했다.

"미안. 이제 괜찮아."

"……우리, 이제 갈 데가 없어. 어떡할래? 도대체 어쩌면

좋겠냐고."

　전부 이 녀석 때문이다. 이 녀석을 동정해서 집에 따라갔다가 이렇게 됐다. 그때 무시했다면 이런 무서운 술래잡기에 휘말리는 일도 없었을 거다.

　그때 단호하게 이 녀석을 뿌리치기만 했더라면…….

　아니다. 고스모도 피해자다. 그걸 잊으면 녀석이 가엾지 않은가. 하여튼 난 아무 상관도 없다. 아무 관련도 없다고.

1

당번의 구령에 맞춰 모두 인사를 하는데 고스모가 살금 살금 교실로 들어온다. 창가 맨 뒷자리에 앉아 있던 도모키는 그 모습을 놓치지 않았다. 이 학교 교실과 복도 사이에는 벽도 문도 없어서, 몰래 들어오는 건 식은 죽 먹기다.

도모키의 예상대로 고스모의 뺨은 시퍼렇게 부어 있다. 고스모가 수업 시작 직전에 올 때면 언제나 이처럼 어딘가 상처가 나 있다. 전에 고스모가 얘기해줬다. 도모키는 그 상처가 뭔지도 짐작이 갔다.

고스모는 교단의 선생님이 다친 뺨을 보지 못하도록 한껏 얼굴을 돌린 채 도모키 옆자리까지 걸어와서 반 친구들과 거의 동시에 자리에 앉았다. 교단에 있던 오시마 안나 선생님은 힐끔 고스모 쪽을 봤으니 그가 몰래 들어오는 것도 보았을 것이다. 하지만 아무 말 없이 1교시 수업을 시작했다.

얼굴도 예쁜 데다 아주 밝은 성격을 가진 안나 선생님은 우리 5학년 1반뿐 아니라 전 학년에서 인기가 많았다. 스물여덟 살의 독신으로 진심인지 아닌지 모르지만 '애인 모집 중'이 입버릇이었다. 5학년이 됐을 때 모두 안나 선생님 반이 되고 싶어 했고, 그건 도모키도 마찬가지였다. 7월이 된 지금도 다른 반 친구들은 여전히 "부러워, 안나 반이라서"라는 말을 한다.

"자, 모두 주목!"

안나 선생님이 말하면 다들 떠들다가도 입 다물고 선생님을 쳐다본다. 특별히 이 반에 말 잘 듣는 학생들이 모여 있는 건 아니다. 안나 선생님이 감기로 이틀 쉬었을 때 교감 선생님이 대신 수업을 들어온 적이 있었다. 그런데 수업이 도무지 진행되질 않았다. 그때 도모키는 '학급 붕괴'가 어떤 상태를 의미하는지 비로소 깨달았다.

안나 선생님은 항상 기운이 넘치고 최선을 다해 아이들을 대한다. 여선생님인데도 약간 야한 농담도 하고 멍청한 남자아이들 장난에도 너그럽다. 남자아이, 여자아이 할 것 없이 선생님 마음에 들고 싶고 칭찬받고 싶은 마음에, 수업 시간이건 아니건 선생님이 입을 열면 귀를 기울였다.

도모키도 그중 한 명이었다. 하지만 선생님을 향한 고스모의 마음을 당할 사람은 없을 것이다. 드러내놓고 고스모를 놀린 적은 없지만 선생님을 향한 고스모의 마음이야말로 '사랑'이라고 도모키는 확신했다. 덕분에 5학년이 된 뒤 고스모의 싸움—이랄까, 실은 거의 일방적인 폭력이지만—횟수는 급격히 줄어들었다. 안나 선생님에게 한번 호되게 야단맞았기 때문이다.

"자, 모두 알겠지만 오늘부터 단축 수업이에요. 그리고 다음 주부터는 어…… 그냥 평소대로 돌아가는 건가?"

선생님이 시치미를 떼자 모두 일제히 떠들기 시작했다.

"여름방학이요!"

"여름방학이요!"

그중에는 책상을 쿵쿵 치거나 발을 구르는 아이도 있었다. 물론 선생님이 농담하는 걸 알기 때문에 정말로 항의하는 것은 아니다.

"아아, 맞다 맞아. 여름방학이지. ……에이, 다 기억하고 있었구나."

"그걸 왜 잊어요!"

"당연히 기억하죠!"

모두 웃으면서 소리친다.

도모키는 목소리를 높이지는 않았지만, 저도 모르게 입

가에 미소를 띠고 있었다. 그러다 불현듯 고스모를 쳐다봤다. 고스모는 그런 교실 상황을 전혀 모르는지 멍든 뺨을 숨기면서 턱을 괸 채 가만히 책상을 노려보며 입술을 깨물고 있다. 조금 들떴던 기분은 단숨에 사라졌다.

"……야마가미. 괜찮아?"

도모키는 살며시 야마가미 고스모 쪽으로 몸을 기울여서 속삭였다.

"어? 뭐가?"

고스모는 조금 전까지 어두운 눈빛으로 책상을 노려보고 있었으면서 마치 졸고 있던 양 눈을 비빈다.

"그 멍……. 또 맞았어?"

"학교에서 그 얘기 하지 말랬지!"

고스모의 말투가 조금 거칠어졌다. 다행히 교실은 선생님이 한 말로 시끄러웠기 때문에 신경 쓰는 사람은 아무도 없었다.

"미안……."

고스모는 5학년치고는 몸집이 크고 힘도 센 편이다. 구기는 잘 못해도 싸움만은 6학년한테도 지지 않고, 상대가 중학생이라도 맞설 만큼 성격이 거칠다.

5학년 1반에도 간혹 난폭해지는 고스모를 무서워하는 아이들이 많았다. 특히 이름 가지고 무슨 말이 나오면 그 분노는 이루 말할 수 없을 정도로 무시무시했다. 초등학교 1학년 때부터 도모키는 고스모와 친구였다. 3학년이 된 어느 날 갑자기 이전까진 아주 마음에 들어 하는 것 같던 이름을 막무가내로 싫어하고, 서로 이름으로 부르던 도모키한테도 성으로 부르도록 '명령'했다. 도모키가 실수로 이름을 부르면 불같이 화를 내며 손에 잡히는 대로 물건을 집어 던졌다. 다른 남자아이가 장난으로 입에 담기라도 하면 정색하며 주먹을 날렸다. 4학년 때 도모키는 같은 반이 아니라서 직접 보지 못했지만, 동급생을 크게 다치게 해서 온 학교가 시끄러워진 적이 있었다.

도모키도 고스모와 처음 알았을 때는 그 이름이 멋있어 보여서 부러워했다. 하지만 고스모가 자기 이름을 싫어하게 됐을 무렵에는 가여운 생각마저 들었다. 고스모의 이름을 처음 들은 동급생들이 키득키득 웃는 광경을 본 것도 한두 번이 아니었다.

그 무렵 마침 고스모는 부모님의 이혼으로 엄마와 떨어지게 됐는데, 어쩌면 그 일이 이름을 싫어하게 된 것과 관련이 있는지도 모른다. 그 뒤 고스모는 몸 여기저기에 상처가 난 채로 등교하기 시작했고, 그와 비례해서 학교에서는 폭군이 되었다.

도모키에게는 주먹을 휘두르지 않았고, 도모키도 어느 정도 사정을 알았기 때문에 고스모와 계속 친구로 지내기로 결심했다. 그 탓에 고스모 이외의 친구들과는 점점 멀어졌다. 모두 고스모를 피했고, 고스모는 줄곧 도모키 옆에서 떨어지지 않았으니까. 여자아이들처럼 화장실까지 따라오지는 않았지만, 교실에서 도모키가 다른 친구들과 즐겁게 떠들고 있으면 고스모의 기분은 순식간에 나빠진다. 그리고 이러쿵저러쿵 구실을 붙여서 도모키가 아니라 그 친구에게 싸움을 건다. 처음에 도모키는 고스모가 왜 기분 나빠 하는지 몰라서 그저 당황스럽기만 했다. 최근에야 고스모의 마음을 알게 됐고, 분노를 폭발시키지 않게 조종하는 방법도 터득했다. 반에서도 "쟤 그렇게 나쁜 애 아니야" 하고 말하며 고스모가 다른 친구들을 사귀도록 애쓰고 있다. 하지만 아직은 성과가 별로 없다.

가끔 고스모가 학교를 결석할 때 느끼는 해방감은 이루 말할 수 없다. 교실에 왠지 웃음이 많아지고 도모키도 반 친구들 속으로 자연스럽게 섞여 들어간다. 하지만 친구들과 얘기하다 보면 가끔 깜짝 놀라며 주변을 둘러보는 아이도 있다. 고스모의 존재를 찾는 것이다. 오늘 학교 안 왔었지, 하고 떠올리고 나서야 다시 평범하게 이야기한다.

솔직히 고스모가 없어졌으면 좋겠다고 생각한 적이 한두 번이 아니다. 그래도 결국 도모키는 고스모를 외면할 수 없었다. 고스모 집에 사는 그 괴물의 존재를 알게 된 뒤로는.

2

처음 그 사람을 목격한 것은 2학년이 끝날 무렵이었다.

전에도 고스모 집에 놀러 간 적은 여러 번 있었다. 아주 평범한 2층짜리 단독주택으로 특별히 유복하지는 않지만, 가난해 보이지도 않았다. 그런데 도모키는 어린데도 그 집을 처음 봤을 때부터 왠지 싫다는 느낌을 받았다. 존재감이 흐릿한 고스모의 엄마가 차와 과자를 내주었다. 도모키는 대개 게임에 몰두하느라 고스모의 엄마를 제대로 본 적도 없었다. 지금은 그 얼굴도 잊어버렸다.

휴일 점심 무렵이었다. 둘은 2층 아이 방에서 놀고 있었다. 고스모의 동생인 가이아는 게임하는 형들 사이에 끼지 못하자 샐쭉해져 혼자 그림책을 읽고 있었다. 그때 갑자기 아래층에서 유리가 깨지는 듯한 소리와 성난 목소리가 들렸다.

"무슨 소리야?"

다다미에 엎드려 있던 도모키는 허둥지둥 네발 상태로 몸을 벌떡 일으켜 물었다.

"쉿!"

고스모는 얼굴이 새파래져 손가락을 입에 갖다 댔다. 도모키는 더 불안해졌다. 가이아는 형에게 무릎걸음으로 다가가서 꽉 붙들었다.

"왜…… 돌아왔지……?"

"돌아왔다고? 누가?"

도모키가 고스모에게 물었다.

울면서 사과하는 여자의 목소리가 들린다.

"잘못했어요…… 잘못했어요…….'

고스모는 어린 동생의 머리를 지키듯 끌어안고 "괜찮아. 걱정 마. 형이 지켜줄게"라고 주문처럼 중얼거리고 있다.

대체 아래층에서 무슨 일이 일어나고 있는 걸까. 도모키는 가끔 아빠가 들려주는 무서운 이야기를 좋아했는데, 마치 그 속에 내동댕이쳐진 느낌이었다. 귀신이나 괴물 같은 것이 밑에서 날뛰고 있다? 도모키가 너무 무서워하면 엄마는 그런 무서운 생물은 없어, 하고 달래주었다. 하지만 사실은 모르는 일이라는 게 도모키 생각이었다.

꺄아악……. 칠판을 긁는 듯한 비명이 들리더니, 곧 계단을 올라오는 발소리가 이어졌다.

쿵 탁 쿵쾅 픽……. 흐트러진 발소리들과 살이 부딪치는 소리, 거친 사람 숨소리.

"그만, 아파, 애들이……."

목소리와 같이 발소리가 점점 올라온다. 도모키는 어쩔 줄 몰라서 고스모를 쳐다봤다. 고스모는 입을 꾹 다물고 고개를 절레절레 흔든다. '그냥 가만있어'라는 뜻 같았다.

도모키는 창문으로 도망칠까 하는 생각마저 들었다. 몸을 살짝 움직여봤지만 아예 움직이지 않았다. 이래서는 도망쳐 숨지도 못한다. 네발 자세 그대로 손가락 하나 꿈쩍하지 않았다.

쿵 쿵 쿵 획 쿵쾅 픽. 발소리가 방 앞까지 왔다.

"……제발 조용히. 애들이."

"닥치고 들어가."

맹장지 문이 열리는 소리가 들리고 쿵쾅쿵쾅 흐트러진 발소리가 들렸다. 그리고 탁 거칠게 문이 닫히는 소리가 들렸다.

도모키는 고스모의 엄마 아빠가 내는 소리였다는 것을 그제야 깨달았다. '돌아왔다'는 건 아빠를 가리키는 말이었을 것이다. 아래층에는 엄마가 있었을 테니, 어떤 이유로 아빠가 엄마한테 심한 짓을 한 것 같다는 정도만 알았다.

아무튼 무서운 괴물이 이 방에 오는 일은 없었다. 바로 맞은편이긴 해도 다른 방으로 갔다.

다행이다, 이 틈에 도망치자……. 그 생각도 순간이었다.

복도를 사이에 둔 두 장의 맹장지 문 너머에서 이불을 퍽 퍽 때리는 듯한 소리가 들렸다. 손바닥으로 맞는 걸까? 아니면 주먹으로 얻어맞나?

그리고 남자인지 여자인지도 알 수 없는, 처음 듣는 듯한 우물거리는 신음 소리.

"욱, 욱, 욱, 우욱, 우욱……."

아무런 지식도 없던 도모키가 처음 한 상상은 귀신이 된 고스모 아빠가 엄마한테 달려들어 살을 베어 먹는 광경이었다.

조심스레 고스모와 가이아를 쳐다보았다. 형제는 공벌레처럼 웅크린 채 양손으로 귀를 틀어막고 가만히 있었다. 직감적으로 이들이 처음 겪는 일이 아니라는 사실을 알았다. 그러자 아주 약간이나마 공포심이 줄어들었다.

무슨 일이 일어나고 있는지는 여전히 모르겠다. 그래도 이제 대처법은 알았다. ……견디고 넘어가는 수밖에 없었다.

이번에는 몸이 움직여졌다.

도모키는 엉금엉금 기어서 고스모 형제 곁으로 갔다. 그리고 그들처럼 웅크리고 양손으로 귀를 막았다.

그런데 헐떡이는 소리로 바뀐 여자 목소리와 살과 살이 부딪치는 소리는 한층 격해졌다. 귀를 막아도 손가락 사이로 침입해 온다. 그 소리 자체가 도모키의 뇌에 달라붙어서 썩게 만드는 무서운 뭔가처럼 느껴졌다. 도모키는 있는 힘껏 손가락을 귓속으로 찔러 넣었다. 절대 침입하게 해서는 안 된다.

실제로는 20분도 채 안 되는 시간이었지만, 도모키에게는 영원히 끝나지 않는 고행 같았다.

갑자기 맹장지 문을 홱 여는 소리가 들렸다. 도모키는 커다란 뭔가가 가로막는 기척에 고개를 들었다.

하얀 와이셔츠에 트렁크 팬티 차림의 거대한 남자—나중에 생각해보면 어른 기준으로 약간 몸집이 큰 정도였지만, 초등학교 2학년 도모키가 올려다봤을 때는 '거대한 남자'로만 보였다—가 세 사람을 내려다보고 있다.

"······뭐야, 친구가 있었구나."

조금 놀란 듯한 말투였다. 도모키도 이해할 수 있는 평범한 사람의 말이었다. 그 점이 오히려 공포감을 불러일으켰다. 우어나 워어 하고 짖는 편이 더 나았다.

게다가 무섭게도 그 남자는 도모키를 향해 빙그레 웃었다.

"무슨 소리가 들렸을지도 모르는데, 걱정 마라. 싸운 게 아니야. 어른들 놀이······ 스포츠 같은 거지. 캐치볼, 스모 같은······. 알지?"

도모키는 고개를 연신 끄덕였다. 무슨 말인지 이해는 안 됐지만, 끄덕여야 한다는 것은 알았다.

남자는 무표정한 얼굴로 아들들을 보더니 흥 콧방귀를 뀌며 방에서 나갔다. 그리고 콧노래를 부르면서 계단을 내려갔다. 맞은편 맹장지 문이 열려 있었다. 이불 위에 살덩어리 같은 게 보였다. 도모키는 그게 뭔지 순간 이해하지 못해서 가만히 응시했다. 그것이 여자의 맨엉덩이라는 사실을 안 것은 여자가 느릿느릿 일어난 뒤였다. 고스모 엄마였다. 위에는 옷을 제대로 입고 있는데 무엇 때문인지 치마는 이불 앞에 떨어져 있고 팬티는 한쪽 무릎에 휘감겨 있었다.

옆쪽으로 일어난 여자가 팬티를 제대로 입으려고 한쪽 다리를 올리자, 새카맣고 무성한 음모가 눈에 들어왔다. 도모키는 시선을 돌렸다. 지금도 가끔 엄마와 목욕도 하고, 얼마 전까지는 목욕탕의 여탕에도 갔었다. 친구 엄마의 이런 모습을 봐서는 안 된다고 직감했다. 여기는 목욕탕이 아니고, 방금 저 방에서는 뭔가 상상할 수 없는 일이 있었다.

캐치볼이나 스모 같은 스포츠?

그럴 리가 없다. 남자와 여자의 은밀한 부위와 관련이 있다는 정도는 짐작했지만, 그 이상은 알지 못했다. 그리고 아이는 알아서는 안 되는 일일 것이고, 그처럼 무서운 거라면 가능한 한 영원히 알고 싶지 않았다.

고스모의 엄마는 팬티를 입고 나서야 양쪽 맹장지 문이 모두 열려 있다는 사실을 알아챘다. 허둥지둥 뛰어와서 문을 쾅 닫았다. 아주 짧은 순간이었지만 도모키는 똑똑히 봤다. 그녀의 얼굴은 푸르뎅뎅하게 부어 있고 피와 눈물로 범벅이 되어 있었다.

도모키는 3년이 지난 지금도 그 얼굴만은 분명하게 기억한다. 본디의 모습을 알 수 없는 무시무시한 얼굴.

어쩌면 도모키가 고스모 엄마를 기억하지 못하는 것은 제대로 보지 않아서가 아닐 것이다. 그때 본 강렬한 얼굴과 하체로 지난 기억이 모두 덧칠되었기 때문인지 모른다.

"……나, 갈게."

고스모 아빠가 집에서 나가는 소리가 들리고, 잠시 후 도모키가 쓱 일어나서 말했다.

"어."

고스모는 얼빠진 목소리로 대답했다.

둘은 잠깐 서로 응시했다. 말하지 않아도 통했다.

이 일은 둘만의―동생도 있었지만―비밀이다. 아니, 처음부터 그런 일은 없었고, 모두 잊는다. 서로의 눈이 그렇게 말하고 있었다.

도모키는 몽유병 환자처럼 비틀거리며 그 집에서 나왔다. 정신을 차려보니 어느새 자기 집에 도착해 있었다. 갑자기 구역질이 올라왔다. 화장실에 뛰어가려고 했지만 늦었다. 문을 열 새도 없이 복도에 쏟아냈다.

엄마는 마침 장을 보러 갔던 터라 필사적으로 토사물을 치웠다. 다행히 들키지 않았지만, 밤에 열이 났다. 다음 날은 병원에 가야 했다. 그때는 열도 내려서 괜찮다는 말을 듣고, 봉지 약을 처방받아 돌아왔다.

그 뒤 도모키는 한 번도 고스모 집에 가지 않았다. 고스모도 오라고 하지 않았다.

생각해보면, 고스모도 예상하지 못한 일이었을 것이다. 고스모와 가이아에게는 '일상다반사'였더라도 도모키에게 보여줄 의도는 없었을 터다. 한 번도 그 얘기를 꺼낸 적 없기에 진상은 모른다. 하지만 뭔가 특별한 이유가 생겨 갑자기 아빠가 낮에 돌아와서 엄마와 일을 치른 것이다.

얼마 뒤 고스모의 엄마는 집을 나갔고, 아이들만이 아빠의 폭력 앞에 남겨졌다.

3

수업이 끝나고, 고스모는 서둘러 집에 가려는 듯했다. 도모키가 허둥지둥 뒤쫓으려는데, 창가에 놓인 담임용 책상(여러 가지 교재가 비좁게 쌓여 있다) 앞에서 안나 선생님이 커다란 목소리로 야마가미 고스모를 불러 세웠다.

"야마가미, 잠깐 이리 와보렴."

교실에서 나가려던 다른 학생들도 순간 멈춰 서서 서로 쳐다볼 정도의 목소리였다.

고스모는 고개를 숙인 채 잠시 가만히 있었다. 하지만 안나 선생님 말은 거스르지 못한다. 반항적인 듯한 O형 다리로 책상 다리를 차면서 앞으로 걸어 나갔다.

여기저기서 수군거리는 소리가 들렸다. 하지만 고스모의

날카로운 시선에 금방 조용해지고 모두 허둥지둥 교실을 나갔다. 도모키는 어떻게 할지 생각하며 일단 교실 밖—옆 교실 사이의 벽에서 한 걸음 밖으로 나간 곳—으로 가서 고스모의 등을 지켜봤다.

책상 가장자리에 가볍게 걸터앉은 안나 선생님이 무슨 말을 하고, 손을 뻗어 고스모의 얼굴을 살며시 만진다. 고스모는 아픈 듯 고개를 돌리고 입을 삐죽이면서 뭐라 대답한다. 창문의 밝은 빛을 등진 선생님의 모습은 상처를 어루만지는 천사 같았다.

어떤 대화인지는 불을 보듯 뻔하다. 그동안 수차례 반복해온 대화이고, 도모키도 몇 번 직접 들은 적이 있었기 때문이다.

"어디서 다쳤니?"

"넘어졌어요" 또는 "공에 맞았어요" 또는 "유도 연습하다가요".

요즘은 마지막 대답을 할 때가 많을 것이다. 4학년 때 고스모는 팔이 골절된 적이 있었는데 담임(안나 선생님은 아니었다)과 보건 선생님이 집에 찾아가 면담을 했던 모양이다. 분명히 아동 학대가 의심되는 상황이었다. 의심받을 만했다. 일주일에 한 번은 반드시 어딘가 새로 다쳐서 오니까. 겉에 보이는 상처만으로도 그 정도였다. 그때 보건 선생님이 고스

23

모의 몸을 살펴보고 오랜 기간에 걸쳐 생긴 타박상과 찰과상, 화상 같은 흔적이 온몸에 있다는 사실을 알아냈다.

도모키는 그 얘기를 듣고서 안심했다. 이제 잔인한 일은 일어나지 않을 줄 알았다. 그 괴물 같은 아빠는 경찰에 체포되고, 고스모와 동생은 엄마가 데려갈 것이라고 믿었다.

그런데 아니었다. 고스모의 아빠는 변명거리를 준비해놓고 있었다. '집에서 유도를 가르쳤다'는 것이다. 사실 그는 유도 유단자였다. 그리고 어느 틈엔가 근처 유도 학원에 접수해놓고, 어디서 얻어 온 듯한 낡은 유도복도 집에 마련해두고, 이전부터 연습을 하고 있었다고 둘러댔다. 물론 고스모는 부정하지 않았다. 선생님들 물음에 그렇다고 대답할 수밖에 없었다.

그 뒤 고스모는 일주일에 한 번 유도 학원에 갔다. 처음에는 아주 싫어하는 듯했다. 하지만 '강해지면 그 인간을 쓰러뜨릴 수 있다'고 생각하게 되면서 놀라울 정도로 열심히 연습했다. 그 이후 그만큼 다양한 상처가 '유도 때문'으로 넘어가게 됐다.

학교에서도 다 믿지는 않았을 것이다. 하지만 그 이후로 요란한 상처는 줄었고, 혹시 있더라도 모두 '유도' 쪽을 가리킬 수 있을 정도의 상처로 바뀌었다. 고스모가 털어놓은 바에 따르면, 얻어맞는 일은 줄어든 대신에 어디서든 갑자기 유도 기술을 걸어오게 된 모양이다. 실컷 괴롭혀놓고 "아직 멀었네" 하고 개운한 얼굴로 말한다나.

이번에도 역시 고스모의 변명은 통한 듯했다. 안나 선생님은 난감한 미소를 짓더니 고스모의 어깨를 툭 치면서 그 애를 풀어줬다.

이쪽으로 걸어오는 고스모의 표정은 정말 복잡해 보였다. 안나 선생님이 걱정해줘서 기쁜 마음과 결국 또 솔직하지 못했다는 안타까운 마음이 뒤섞였을 것이다. 방관하던 도모키도 거의 같은 마음이었다.

고스모는 기다리던 도모키의 얼굴을 보더니 옆을 지나가면서 불쑥 말했다.

"고마워."

"아냐."

고스모가 그런 인사를 하는 일은 거의 없었기 때문에 도모키는 어떻게 반응해야 할지 몰라 당황했다. 뭘 고맙다고 하는지도 알 수 없었다.

하지만 왠지 기뻤다.

5, 6학년 교실은 4층이다. 2층으로 내려가자, 여느 때처럼 2학년 가이아가 층계참 벽에 기대서 우두커니 둘을 기다리고 있었다. 몸집이 큰 고스모와 달리 가이아는 2학년이라고 하기에는 놀랄 정도로 작아서 모르는 사람은 유치원생이

라고 생각할 정도다. 고스모와 도모키가 말없이 계단을 내려가자 가이아도 뒤쫓아 왔다.

형 고스모와는 다른 이유겠지만 가이아도 친구가 별로 없는 것 같았다. 수업 중에는 어떤지 모르지만, 등하교 때는 늘 형 뒤에 꼭 붙어서 따라온다. 대개 고개를 숙이고 있어서 동급생들과 얼굴 보며 인사하는 일도 없다. 옛날에는 어떠했건 간에 요즘은 형 고스모와 사이도 별로 안 좋아 보여서 그렇게 친구가 없나 걱정될 정도다.

세 사람은 말없이 신발장으로 가서 실내화를 갈아 신고 학교를 나섰다. 평상시와 달리 기운 없이 걷는 고스모의 우측으로 도모키, 뒤로는 가이아가 걸었다.

단축 수업 덕에 빨리 집에 가는 건 좋았지만, 한창 더울 때다. 도모키가 눈이 부셔서라기보다는 내리쬐는 햇볕을 피하려고 가방에서 모자를 꺼내 깊숙이 썼다. 고스모 형제는 부러운 듯 도모키를 힐끔 쳐다봤다.

도모키는 어릴 때부터 같은 옷을 이틀 연속 입은 적이 없었다. 한 번 입으면 반드시 엄마가 빨았기 때문에 마음에 드는 셔츠를 계속 입고 싶다고 울며 애원한 적도 있을 정도다. 지금은 물론 그러지 않는다. 갓 세탁한 옷이 아니면 기분이 찜찜하다.

그런 도모키 눈에 고스모 형제의 옷은 언제나 조금 때가 타 보였다. 엄마가 막 떠났을 때가 가장 심했다. 거의 열흘을 같은 모습으로 학교에 와서 쓰레기 냄새 같은 걸 풍긴 적도 있었다. 그러다 고스모나 그 아빠가 조금 신경 쓰게 됐는지, 며칠에 한 번은 일단 세탁한 듯한 옷을 입고 왔다. 하지만 그 옷들도 주름투성이거나 찌든 얼룩이 안 빠졌거나 단추가 떨어졌거나 뭔가 항상 모자랐다. 특히 동생 가이아는 물려받은 옷을 입는 일도 많을 것이다. 때만 탄 것이 아니라, 구멍 난 바지나 고무줄이 늘어난 양말을 신고 있을 때도 있다. 도모키는 옷을 물려줄 동생이 없어서 둘이 같이 놀러 왔을 때 엄마에게 부탁해 자연스럽게 낡은 옷(형제가 입은 옷보다 훨씬 깨끗하다)을 받아 가이아에게 준 적도 있다. 하지만 눈 깜짝할 사이에 다른 옷들처럼 더러워지는 걸 보고 이런 게 바로 언 발에 오줌 누기구나, 생각했다.

고스모 집은 가난하지 않을 터였다. 이제 집 안까지 들어가는 일은 없지만, 고스모네 집 외관은 여전히 깔끔하고 그 애 아빠는 반짝반짝 닦은 스포츠카를 탔다. 형제의 옷차림이 엉망인 건 엄마가 집에 없고 아빠가 자식들에게 무관심하기 때문이다.

아이들은 학교가 지정한 통학로로 다닌다. 학부모회 엄마들이 순번을 정해 아침저녁으로 횡단보도와 주요 지점에 서서 아이들에게 말을 건네기에 성가시다. 무엇보다 파출소 앞을 지나야 한다는 점이 제일 싫었다.

그곳에 소속된 두 명의 경찰 중 한 사람이 파출소를 지키는데, 한 명은 20대 정도의 젊은 경찰관이다. 좀 가벼운 느낌이지만 밝고 아이들을 좋아하는 듯한 인상이다.

그 경찰이 보이면 도모키와 고스모 형제는 안심한다. 다른 한 명은 순찰 중이거나 쉬고 있거나, 아무튼 근처에 없을 가능성이 높기 때문이다.

파출소가 가까워지면서 고스모의 발걸음이 무거워졌다. 아직 멀리 떨어져 있는데도 경찰 제복이 보이는지 엿보고 있다. 도모키도 살폈지만, 밖에 자전거가 세워져 있을 뿐 서 있는 사람은 없는 듯했다. 횡단보도를 건너서 반대편 보도로 가면 파출소 앞을 직접 지나지 않아도 된다. 하지만 멀리 돌아가게 된다. 거리상으로는 별로 차이가 없지만 문제는 그것이 '돌아가는 길'이라는 점이다. 만약 일부러 파출소 앞을 피해서 돌아가는데 안에 있는 사람이 그 젊은 경찰이 아니었을 경우…….

"어딜 어슬렁거려. 당장 집에 안 가?"

뒤에서 갑자기 목소리가 들려 도모키와 고스모 형제는 흠칫 놀라서 걸음을 멈췄다.

제복 차림의 경찰이 손에 맥도날드 봉지를 들고 히죽거리면서 서 있었다.

파출소의 또 다른 경찰이자 고스모와 가이아의 아빠, 즉 야마가미 시게오 순사장♦이었다.

♦ 巡査長, 순사로 오래 근무한 사람에게 주어지는 일종의 명예 계급. 한국 경찰의 경장에 해당한다.

4

"안…… 안녕하세요."

도모키는 가볍게 뒷걸음질 치면서도 일단 머리를 숙였다.

태양을 등지고 선 탓에 고스모 아빠의 표정은 잘 보이지 않는다. 아무리 괴물 같은 남자라고 해도 벌건 대낮에 사람들이 많이 오가는 길거리에서 이유 없이 아들 친구에게 폭력을 휘두를 리는 없다. 도모키는 스스로 그렇게 타이르면서 도망치고 싶은 마음을 필사적으로 눌렀다.

"친구는 인사도 잘하는구나."

팔이 쑥 뻗어 와서 흠칫했다. 다행히 머리를 툭툭 치기만 했다.

"너희는 인사나 제대로 하고 다니냐? 어?"

그는 도모키의 모자에 손을 올린 채 아들들을 쳐다보며 말했다. 여전히 표정은 어두워서 알 수 없지만 눈만은 번득이며 섬뜩하게 빛나고 있었다.

"……네."

고스모와 가이아는 아빠의 인정을 받기 위해 필사적으로 고개를 끄덕인다.

도모키는 부자 사이에 무슨 전기라도 흐르는 듯 따끔따끔한 공기를 느끼고 있었다. 무슨 일이 일어나는 건 아닌지 숨죽이고 있는데, 갑자기 그 공기가 누그러졌다.

"괜히 딴 데 들르지 말고 곧장 집에 가라. 어서 가."

고스모 아빠는 파출소 안으로 사라졌다.

고스모가 두 사람에게 눈짓을 보내고, 셋은 빠른 걸음으로 그 자리에서 멀어졌다. 이내 전속력으로 달리기 시작했다.

달리고 또 달려서 교차점을 돌았을 때였다. 고스모가 우당탕 제동을 걸었다. 세 사람은 숨을 가쁘게 몰아쉬고 마치 귀신의 집에서 나온 양 웃었다.

"……아아, 깜짝이야. 확실히 없다고 생각했는데, 그치?"

"아, 응. ……뒤에서 나타날 줄은……."

심장이 이제 와 이렇게 쿵쾅거리는 건 뛰어서일까, 생각하면서 도모키가 대답했다.

"중학교에 가면 꼭 죽이고 말 거야. 무슨 일이 있어도 죽여버릴 거야."

고스모는 오른손 주먹으로 왼손 손바닥을 치면서 걷기 시작했다.

'꼭 죽이고 말 거야'는 고스모의 입버릇으로 누구에게나 쓰는 말이다. 하지만 그 말이 아빠를 향할 때는 다른 때에 비할 수 없을 만큼 진심에 가깝다. 언젠가 고스모는 틀림없이 실행에 옮길 것이다. 하지만 도모키는 유감스럽게도 중학교에 가든 고등학교에 가든 고스모가…… 아니 그 누구도 그 애 아빠를 죽일 수 있으리란 생각은 들지 않았다. 만약 고스모가 그 인간을 거슬렀다간 무시무시한 일이 벌어질 거라 확신했다.

"정말? 아빠를 죽이면 엄마한테 갈 수 있어?"

가이아가 매달리는 듯한 눈으로 형을 올려다보면서 묻는다.

"그래. 그 인간이 없어지면 엄마도 돌아올 거야."

"정말?"

"그럼 정말이지."

"앗싸!"

가이아는 좋아서 폴짝폴짝 뛰고 두 팔을 벌려서 빙글빙글 팽이처럼 돌았다.

"죽여라, 죽여라, 죽여라, 죽여라……."

"그만해. 그러다 어지러워져."

고스모가 손바닥으로 머리를 툭 쳤다. 가이아는 빙글빙글 돌던 것을 멈추고, 다시 두 사람 뒤에서 걷기 시작했다. 그런데 어쩐지 아까보다 발걸음이 가볍다. 적어도 지금은 형 말을 믿고서 아빠가 없어지고 엄마가 돌아오는 즐거운 상상을 하는지도 모른다.

"……저기, 역시 선생님이랑 의논하는 게 좋을 거 같아. 안나 선생님이라면 분명 들어주실 거야."

도모키는 고스모를 화나게 했던 이야기를 용기 내어 다시 꺼냈다. 그것이 고스모에게도 가장 좋은 방책이라고 믿었으니까.

"안 된다니까! 그 인간은 내가 죽여. 학교, 안나 모두 관계없어. 내가 죽이면 돼."

전에 얼핏 듣기로 고스모는 안나 선생님이 자기네 집안 사정을 알게 되는 것이 죽을 만큼 창피한 모양이었다. 도모키는 도저히 이해가 안 갔다. 그런 괴물과 같이 사는 것보다 더 잔인한 일이 있을까? 아직 초등학생인 우리가 선생님을 의지하는 건 창피한 일도 뭣도 아닌데.

하지만 그런 얘기를 해봤자 고스모의 화만 더 돋울 뿐이다.

"아아, 근데 다음 주부터 방학이다. 뭐 할까. 어디 안 갈래?"

바로 이거다. 도모키도 여름방학은 기대됐지만, 한편 우울해지는 원인이었다. 여름방학까지 고스모에게 발목 잡히는 건 사양하고 싶다. 평소 부모님이 집에 없다 보니, 고스모는 쉬는 날만 되면 하루 종일 도모키와 놀고 싶어 했다.

"음…… 방학에도 학원 수업이 있어서……. 올해는 하기 강습을 갈지도 모르고……."

도모키는 엄마가 했던 말이 떠올라서 얘기했다. 하지만 물론 그런 곳에 갈 생각은 없다. 6학년 올라가서 가도 된다.

학원에 다니지 않는 고스모는 도모키가 그런 소리를 하면 기분 나빠 한다. 그래도 고스모에게서 조금이나마 벗어나려면 다른 방법이 없다.

"지금도 성적 충분히 좋으면서 그런 데 뭐 하러 가냐. 딴데 가자."

"딴 데, 어디?"

"역시 더우니까, 바다나…… 수영장?"

도모키는 수영을 잘 못했고, 염소 냄새가 나는 수영장 물도, 짠 바닷물도 아주 싫었다. 물론 더운 건 싫지만 뭔가 다른 방법으로 시원해지고 싶다.

"학교 수영장?"

"아니. 워터 슬라이드 같은 거 있는 데. 놀이공원 같은 데도 있잖아."

고스모의 대답에 도모키는 그 입장료는 누가 내나 싶었지만, 묻지 못했다. 고스모는 돈이 없을 때가 많아서 툭하면 도모키의 용돈에 의지한다. 절대 직접 요구하거나 협박하지는 않는다. 하지만 도모키가 도와주지 않으면 다른 사람으로부터 빼앗기 십상이기 때문에(실제로 그런 장면을 몇 차례 목격했다) 결국 도모키가 용돈을 조금씩 '빌려주게' 된다. 고스모는 항상 "미안. 다음에 꼭 갚을게"라고 말하지만, 물론 단 한 번도 갚은 적은 없다. 도모키도 받을 생각은 하지 않았기에 적어두지도 않고 지난 몇 년간 얼마를 빌려줬는지 알지도 못한다. 지금 생각하면 저학년 때 쓰는 돈은 뻔했지만, 요즘은 용돈이 늘어나는 이상으로 그 액수도 커지고 있다. 어떻게든 제동을 걸어야 한다.

고스모는 우물거리는 도모키의 생각을 알아챘는지 휴우 한숨을 쉬며 말했다.

"알았어. 돈 안 드는 데 생각해둘게. 재미있는 곳으로. 됐지?"

"……아, 응."

가끔 고스모는 이처럼 민감하게 이쪽 기분을 알아챈다. 항상 그렇게 마음을 써준다면 분명히 친구들을 많이 사귈 수 있을 텐데, 라고 도모키는 생각한다.

언제나 그들이 헤어지는 교차점 근처에 오면 고스모는 눈에 띄게 행동이 느려졌다. 도모키는 모르는 척하며 계속 걷다가 밝게 말했다.

"잘 가."

"……응. 잘 가."

고스모는 가라앉은 어조로 눈도 안 맞추고 대꾸했다. 가이아는 그런 형과 도모키를 번갈아 올려다본다.

그대로 가버리려니 왠지 죄책감이 들어서 무심코 말해버렸다.

"좋은 생각 떠오르면 전화해."

고스모의 얼굴이 밝아진다. 정말 알기 쉬운 녀석이다.

"알았어. 그럼 또 보자."

"응. 또 봐."

도모키는 교차점을 횡단해서 똑바로 가고, 형제는 좌측으로 꺾어 간다.

나는 항상 이 모양이다. 결국 녀석들한테서 벗어나지 못한다.

도모키는 가벼운 발걸음으로 걸어가는 고스모의 등을 힐끗 보면서 반대 방향으로 집을 향해 터벅터벅 걸어갔다.

5

　당연하게도 고스모에겐 휴대전화가 없다. 연락하려면 집으로 전화를 걸어야 한다. 하지만 그 애 아빠가 집에 있을지도 모른다고 생각하면 마음이 무겁다. 자연히 고스모가 아빠가 집에 없을 때 일방적으로 도모키의 휴대전화에 연락을 해온다. 식사 중이건 학원 수업 중이건 이쪽 상황은 전혀 고려하지 않아서 불편할 때도 많다. 그래서 도모키는 최대한 바지런히 전원을 끄는 습관이 생겼다. 원래 엄마와 연락하기 위한 전화라서 문자를 보내거나 전화할 사람도 거의 없다. 그래서 전원을 끈 채로 잊어버리는 일도 다반사다.

　무사히 종업식을 마치고 여름방학이 시작된 지 사흘, 혼자 게임을 하거나 엄마인 하루미를 따라서 장을 보러(장 보는 건 재미없지만 점심에 맛있는 걸 먹을 수 있어서 기쁘다) 다니는 동안 고스모의 연락이 없다는 사실이 기쁘기만 할 뿐, 연락이 없는 이유에 대해 깊이 생각하지는 않았다.

이전부터 엄마는 도모키에게 책상 위 좀 치우라고 잔소리를 했다. 그런데 드디어 엄마가 오늘 저녁 식사 후에 폭발했다. 도모키는 허둥지둥 응급처치에 나섰다. 층층이 쌓아놓은 교과서와 유인물들을 분류하고 쓰레기를 내놓으려고 하는데 휴대전화가 툭 떨어졌다. 충전기에 꽂혀 있던 휴대전화가 카펫 위에 뒹굴었다.

충전기와 분리되면 액정이 밝아져야 하는데 여전히 어두웠다. 비로소 전원이 꺼져 있었다는 사실을 알아챘다. 아마 종업식 날 아침, 학교에서 전원을 끈 뒤 잊어버렸을 것이다. 집에 와서 충전기에 꽂아놓고 그대로 방치해둔 것이다. 방범 버튼이 달린 노란색 아동용 휴대전화다. 도모키는 더 멋있는 어른용이 갖고 싶다고 했지만, 초등학생 때는 이걸 쓰라는 대답이 돌아왔다.

잠시 생각한 뒤 전원을 켰다. 지난 사흘간의 부재중 전화가 줄줄이 표시됐다. 모두 고스모 집 전화번호로, 5분 간격으로 열 번 연속 걸려 오기도 했다. 그것을 보니 새삼 울적해지면서 조금 으스스한 기분마저 들었다.

마지막으로 전화가 걸려 온 건 그날 저녁 식사 전 무렵이다. 아마 고스모의 아빠가 돌아왔을 것이다. 이쪽에서 거는 것은 논외라서 이대로 내버려두는 수밖에 없다.

우선 엄마의 화가 가라앉을 정도로 책상 위를 치운 다음 천천히 목욕하고 나왔다. 그때 방에서 휴대전화 울리는 소리가 들렸다. 머리만 서둘러 쓱쓱 닦은 뒤 목욕 타월을 몸에 두르고 복도에 발자국을 남기면서 방으로 달려간다. 분명히 고스모는 도모키가 일부러 사흘 동안 전원을 꺼두었다고 믿고 있을 것이다. 지금 전화를 안 받으면 어떻게 생각할까.

다행히 전원을 꺼뒀던 때와 달리 고스모도 강한 의지를 갖고 있었다. 벨 소리가 열 번 넘게 울리고, 간신히 전화를 받았다.

"여보세요. 야마가미?"

발신자도 확인하지 않고 받았지만, 당연히 야마가미 고스모였다.

"야, 인마. 빨리 받아! 뭐 하냐!"

"미안. 목욕하고 나오느라."

한 손으로 목욕 타월을 들고 몸을 닦으면서도 거짓말처럼 들리지 않게 기를 쓰고 변명했다.

"내내 전화 안 받았잖아!"

고스모는 화를 내면서도 목소리는 낮추고 있었다. 아마 아빠가 집에 있지만, 목욕 중이거나 잠들어서 그 틈을 노려

전화를 하는 걸 거다.

"미안. 전원이 꺼진 걸 몰라서. 정말 미안해. ……내일 어디 갈래?"

화를 누그러뜨리려면 하루라도 어울려줘야 한다. 도모키가 선수를 쳐서 말을 꺼내자, 아니나 다를까 고스모의 화는 방향을 잃은 듯 어디론가 사라졌다.

"아, 맞다 맞아……. 너도 분명히 심심할 거 같아서……. 어디 갈래?"

뭐야, 특별한 계획도 없으면서 전화했던 거구나. 어이가 없었지만, 전원을 꺼뒀다는 사실에 아직 미안한 마음이 약간 남아 있었다. 그래서 무심코 말했다.

"그러면 우리 집에 올래? 가이도 데리고 와."

고스모는 자신의 이름과 마찬가지로 동생 이름도 싫어해서 '가이'라고만 부른다.

나이 차가 나는 동생이 따라다니는 것은 도모키나 고스모에게도 귀찮은 일이다. 고스모도 종종 동생을 놔두고 나간다. 하지만 집에 아무도 없다는 것을 알면서 차마 혼자 놔두고 오라고도 할 수 없다. 엄마한테 말하면 간식 정도는 내줄 테고, 괜히 용돈을 쓰지 않아도 된다. 대전 게임을 하면 시간도 때울 수 있고, 뭐하면 형제끼리 대전시켜놓고 자신은 만화책을 읽어도 된다.

"그래도 돼? ……그러면 그렇게 할까. 응, 알았어. 2시 정도에 가도 돼?"

"응. 좋아."

"내일 보자."

마지막에 전화를 끊을 때 분명히 고스모는 기분이 좋아진 말투였다. 도모키는 마음이 놓였다. 그러고 보니 아직 알몸이었다. 에어컨을 켜둔 방에선 한기가 느껴져 감기에 걸릴 듯하다. 휴대전화를 내동댕이치고 허둥지둥 옷을 입으러 돌아갔다. 꼼꼼하게 몸을 닦고 속옷과 잠옷을 입었다.

거실을 들여다봤다. 엄마가 혼자 식탁에 팔을 괴고 앉아서 텔레비전을 보고 있었다.

"엄마."

"어? 벌써 씻었어? 머리도 감고?"

엄마는 고개를 절반만 돌린 채 눈은 텔레비전을 향해 있었다. 도모키는 귀찮아서 사흘에 한 번 정도 머리를 감는다. 그래서 엄마는 매일 밤 잊지 않고 물어본다.

"감았어. 근데 좀 전에 야마가미한테 전화가 왔는데, 내일 놀러 오고 싶대. 과자 같은 거 있어?"

"응. 아아, 없는데 사 올게. 야마가미라. 엄만 걔 좀 별론데. 과자는 자꾸 흘리고. 흘리면 네가 치워."

"알아. 그럼 부탁해요……. 아, 걔 동생 것도."

"네네."

엄마를 뭘로 보고, 하면서 곧바로 대답이 돌아왔다.

잔소리는 많고 좀 덜렁거리는 면도 있지만 도모키는 엄마가 꽤 좋은 엄마에 속한다고 생각했다. 빈말로도 미인이라고는 할 수 없지만, 애교가 있고 사교적이라 이웃들이나 학부모회 사람들과도 두루두루 친하게 지내는 듯하다. 항상 뚱하고 어두운 아빠를 보면 자신의 성격은 분명히 아빠를 닮은 거라 생각한다.

게다가 얼굴은 비교적 꽃미남에 속하는 아빠를 안 닮고 유감스럽게도 엄마를 닮았다. 자신은 장차 고스모 이외에는 친구나 애인도 못 사귀고 결혼도 못 할 것이라고 늘 생각했다.

도모키는 이를 닦고 방에 돌아와 불을 끄고 침대로 들어갔다. 에어컨은 한 시간 뒤에 꺼지도록 예약해뒀기 때문에 어쩌면 자다가 더워서 깰지도 모른다. 그러면 분명히 다시 잠들지 못할 것이다. 여름방학이 되자 일어나는 시간도 점점 늦어진다. 그러다 보니 밤에 잠이 더 안 오고 아침이면 일어나기가 힘들다. 엄마는 아침은 온 가족이 같이 먹어야 한다고 주장한다. 그래서 도모키는 잠옷 차림이라도 일단 일어나서 식사하고 다시 침대로 돌아간다.

연일 이어지던 열대야도 일단 사라졌는지, 아침까지 푹 잘 수 있었다.

약속 시간은 2시였는데 고스모는 1시가 조금 지나서 왔다. 다행히 엄마가 계속 잔소리했던 탓에 정리는 오전 중에 완벽하게 끝냈다. 고스모야 전혀 개의치 않겠지만.

"엇, 동생은?"

고스모가 현관에 들어서자마자 문을 닫기에 도모키가 물었다.

"아, 가이? 귀찮아서 두고 왔어."

집에 혼자 두는 게 가엽긴 하지만, 가이아도 이제 2학년이다. 그다지 걱정할 필요는 없을 듯하다. 도모키는 가이아 일은 금세 잊어버렸다.

엄마가 오전 중에 근처 케이크 가게에 가서 사 온 롤케이크와 콜라를 가져다줬다. 고스모는 두 입 만에 다 먹어치우고, 콜라를 마셨다. 굳이 묻지 않았지만 아마 점심은 안 먹었을 것이다. 평소 학교에 갈 때는 아침을 먹는 경우가 드물다고 했으니 어쩌면 아침도 못 먹지 않았을까.

"……게임, 할래?"

"좋아."

고스모는 신이 나서 자기 가방에서 휴대용 게임기를 꺼냈다. 사실 그 게임기도 원래 도모키 것이었다. 도모키가 부모님을 조르고 졸라서 기능이 거의 같은 신제품을 얻어내고, 그동안 쓰던 것을 사실상 줬다. 게임 소프트웨어는 고스모 스스로 해결해야 하는데, 중고를 사고팔거나 불법 복제품을 쓰면서 그럭저럭 적은 용돈으로 버티는 듯했다.

통신 기능을 사용한 게임을 하며 잠시 놀았다. 그런데 고스모는 즐겁지 않은지 좀 놀다가 "그만할래" 하고 전원을 껐다. 도모키는 한창 재미있던 참이라 방해받은 듯해서 조금 골이 났다.

"만화책 봐도 돼?"

"……응. 그러든지."

도모키의 대답에 고스모는 정리한 지 얼마 안 된 만화책을 한꺼번에 꺼내서 카펫 위에 트럼프 카드처럼 펼쳐놨다. 그중 긴 시리즈를 하나 고르더니 도모키 침대에 누워서 읽기 시작했다.

정말 제멋대로다. 도모키는 신경 쓰지 않고 1인용 모드로 게임을 계속하기로 했다.

하지만 고스모는 30분도 채 못 되어 "재미없어" 하고 내뱉더니 만화책을 던졌다. 그리고 다른 책을 찾아서 팔랑팔랑 넘기다가 혀를 차고 내던지기를 계속했다.

원래도 남의 시선에 아랑곳하지 않는 녀석이지만, 오늘은 유독 심하다. 부모님도 있는 남의 집에 찾아왔으니 조금은

신경 쓰고 있었을 텐데 오늘은 여느 때보다 거칠고 어딘가 초
조해 보였다.

"……무슨 일 있어?"

"뭐가?"

고스모는 일부러 돌아보지 않고 시치미를 뗀 말투다. 도
모키의 생각이 적중했다. 요즘 고스모 기분을 알아채는 능력
만 좋아지는 자신에게 화가 난다.

"뭔가 좀, 초조해 보여서."

도모키의 대답에 고스모는 잠시 입을 다물고 가만히 있
었다. 뭔가 분노의 오라 같은 게 녀석의 등에 감돌아서 당
장이라도 "헛소리 지껄이지 마" 하고 소리 지를까 봐 겁이
났다. 그런데 갑자기 긴장의 끈이 끊어진 듯 도모키를 돌아보
더니 떨리는 목소리로 입을 열었다.

"……그 ……그, 그 인간이 날 죽일지도 몰라……."

"뭐? 그 인간이라면…… 너희 아빠……?"

계속 충고를 했었는데 이제 와 무슨 소리인지 어처구니
없다는 생각이 들었다. 하지만 고스모의 태도가 역시 평소와
좀 달랐다. 그 공포감이 스멀스멀 전염되는 듯했다.

"무, 무슨 일 있었어?"

도모키는 고스모가 언젠가 살해되지 않을까, 하는 상상
은 해봤지만, 그건 폭력이 도를 지나쳐서 잘못 맞아 죽는다거

나 병원에 가지 못해 죽는 경우였다. 하지만 지금 고스모가 두려워하는 건 뭔가 달랐다.

"돌아오면 날 죽일 거야……. 분명 가만 안 둘 거야……."

덩치 큰 고스모가 도와달라는 듯 도모키 곁에 다가오더니 팔꿈치를 아플 정도로 꽉 움켜쥐고 바들바들 떨었다. 방금까지 억지로 태연한 척한 걸까, 아니면 다시 생각하니 무서워진 걸까.

"왜? 무슨 일 있었어?"

도모키의 물음에 고스모는 생각할수록 무서운지 한 번에 말하지 못하고 띄엄띄엄 쥐어짜듯 털어놨다.

"오늘 아침, 드, 들어가지 말라고 했는데 그 인간 방에 들어갔어. 펴, 평소에는 거의 안 들어, 가는데. 돈이 전혀 없어서, 먹을 게 없어서, 열받아서. 가끔 잔돈이나 500엔 동전이 떨어진 걸, 발견할 때가, 있어. 그런데 가이도 따라와서……. 그 녀석 때문이야. 오지 말라고 했는데, 따라와서……."

그때 상황을 떠올리는지 후회와 분노가 어린 말투다.

"그래서?"

"……장롱 뒤랑 옷 주머니를 뒤졌어……. 어느 틈에 그 녀석이…… 가이가 뒤에 와서 서 있었는데, 난 그걸 모르고…… 뒤로 물러나다가, 가이한테 부딪쳐서, 녀석이 휘청했어. 그러더니 아빠 책상에 부딪혀서…… 컴퓨터를, 떨어뜨렸어."

"컴퓨터라면…… 노트북?"

도모키는 아빠가 업무상 들고 다니는 것을 떠올리면서 물었다. 고스모는 고개를 저었다.

"아니. 뭐라고 하지……. 텔레비전 같은 거. 코드가 없고 키보드랑 마우스가 앞에 있고."

모니터와 본체가 하나로 된 일체형 데스크톱을 말하는 듯했다.

"액정 깨졌어?"

"아니, 화면은 보기에 안 깨졌는데…… 아무튼 전원이 아예 안 들어와. 아마 안쪽이 망가진 거 같아."

"……고치면 될 거고, 솔직하게 잘못했다고 하면 되지 않을까?"

도모키는 남의 일이라서 냉정하게 말하지만, 만약 그 인간이 아빠였다면 아마 자신도 패닉에 빠졌을 거라고 생각했다. 컴퓨터라면 10만 엔이나 20만 엔 정도 할 테고, 수리한다 해도 안에 있던 데이터가 사라지면 큰일이다. 아빠가 가끔 "데이터가 사라졌다"고 하면서 소란을 피울 때가 있다. 가끔 엄마나 도모키가 사용할 때도 집요하게 절대 떨어뜨리지 마라, 옆에서 먹고 마시지 마라, 더러운 손으로 만지지 마라, 하면서 유난을 떤다.

"고치는 게 문제가 아니라니까! 들어가지 말라고 했는데 방에 들어가서 컴퓨터까지 부쉈어. 데이터도 사라졌을지 모르고."

"그거, 일하면서 쓰셨어?"

"……일하면서 쓸 수도 있는데, 분명 야동 같은 거 볼 거야. ……근데 만약 그 인간이 모아둔 게 다 날아갔으면? 업무 데이터가 날아가는 것보다 무서……! 분명 날 가만 안 둘 거야."

고스모의 말이 맞을 듯했다. 특별한 이유 없이도 일상적으로 아들한테 폭력을 휘두르는 인간이 화가 머리끝까지 나면 대체 어떻게 될까. 도모키는 상상하기도 싫었다.

"……그래서 그 컴퓨터 어떻게 했어?"

"우선 원래 있던 대로 놔뒀어. 언뜻 보면 망가졌는지 모를 테고."

"겉보기에는 몰라? 겉이 깨졌다거나."

"괜찮아."

"그러면 혹시 고장 났어도 네가 했는지 모를 수도 있잖아."

"내가 아니라니까! 가이가 부쉈다고!"

지금 중요한 건 그게 아닌데, 고스모는 격앙한다.

"미, 미안. 컴퓨터는 왜 망가지는지 모르게 망가지기도 하나 봐. 아…… 우리 아빠가 그런 말을 자주 하셔. 충돌했다, 멈췄다고. 그러니까 만약 정말 고장 났어도 그게 가이 때문인지 아빠는 모르실 거야, 아마.”

고스모는 잠시 희망의 빛을 찾듯 도모키 얼굴을 보았지만, 이윽고 눈을 내리깔면서 고개를 떨궜다.

“……안 된다니까. 그 인간 촉이 장난 아냐. 거짓말하면 다 알아. 그리고 아마 책상 주변 같은 데를 잘 살펴보면 뭔가 이상하다는 걸 알 거야. 최대한 원래대로 해놨지만, 다다미 흠집이나 먼지 상태, 자세히 보면 완전히 다를 거야.”

“그래도 부딪친 게 가이라면 가이만 혼날지도…….”

도모키는 그럴 일은 없을 거라 생각하면서도 말하지 않을 수 없었다.

“가이 혼자 들어가서 부순 거라면. 하지만 그 인간은 가이가 혼자 그 방에 들어갈 리 없단 걸 알아. 그러면 왜 내가 그 방에 들어갔는지가 문제야.”

“……하지만 먹을 게 없는데 어쩔 수 없잖아. 자식한테 밥을 안 주는 건 엄연히 학대야.”

“그런 변명이 그 인간한테 통하겠냐?”

고스모는 분노인지 분함인지 알 수 없는 눈물을 지으면서 웃었다.

도모키는 할 말을 잃고 잠시 가만히 있었다.

어떻게든 그 인간이 폭력을 멈추게끔 하자고, 선생님과 의논해보자고 늘 권했던 터라, 이 마당에 '괜찮을 거'라고 하는 건 이상하다. 이참에 어떻게든 그 인간을 체포할 방법은 없을지 생각했다.

예를 들면 그 인간이 고스모를 죽이려 할 때, 때맞춰 경찰이 오게 한다거나?

……역시 무리다. 상처가 가벼우면 평상시처럼 발뺌할 수 있다. 고스모도 자진해서 중상을 입고 싶지는 않을 테고, 자칫하면 정말로 죽는다. 그렇게 타이밍을 맞춰 경찰을 부르는 건 보통 어려운 일이 아니다.

안나 선생님이라면? 아니면 아동상담소 같은 데는?

고스모 집에 문제가 있다 보니 학대받아서 죽었다는 뉴스는 아무래도 신경이 쓰이고, 그런 사건이 발생하면 넌지시 부모님한테 물어서 어느 정도 지식은 있었다. 학대가 의심될 때는 이웃 사람이든, 학교 선생님이든 아동상담소라는 곳에 신고할 수 있다. 그런데 신고를 받고 아동상담소 직원이 학대 가정을 방문해도 부모를 강제로 조사하거나 체포하지는 못한다. 경찰과는 다르다.

만약 누군가가 신고해서 아동상담소 사람이 찾아간다 해도 틀림없이 쫓겨나기만 할 것이다. 그 뒤 그 인간의 분노는 무시무시하게 커져 그 칼끝은 아마 고스모 형제를 향할 것이다. 아동상담소든 경찰이든, 부른다면 기회는 단 한 번이다. 그 인간이 어떤 변명도 하지 못할 때 불러야 한다.

어쩌면 그게 오늘일까?

"야, 무슨 생각 하냐?"

도모키의 침묵이 이상했는지 고스모가 물었다. 도모키는 생각을 정리하면서 대답했다.

"……누구든 어른과 같이 가는 게 좋을 거 같아. 안나 선생님이나…… 뭐하면 우리 엄마한테 부탁해도 되고."

"같이 가서 뭐 하게?"

아무래도 이건 아니다. 역시 그 인간의 화만 돋울 것이다. 다른 어른 앞에서는 화나지 않은 척할 테고, 나중에 고스모가 험한 꼴을 당할 뿐이다.

"증거가 있으면 어떨까?"

"증거? 무슨 증거. 내가 안 부쉈다는 증거?"

"……네 아빠가 너한테 항상 하는 짓에 대한 증거."

도모키는 고스모 앞에서는 도저히 가정폭력이라는 말을 꺼낼 수 없었다. 고스모 자신이 인정하지 않는다는 것을 알았으니까. 고스모는 언제나 뉴스에 나오는 그런 것과 자신은 다르다는 태도였다.

"그런 증거를 어디다 쓰게?"

"……만약 오늘 밤, 컴퓨터 때문에 네 아빠가 너희한테

폭력을 휘두르면, 그걸 영상으로 찍어. 경찰에 그 영상을 증
거로 가져가면 아빠는 체포……되지 않을까."

"죽도록 당하는 걸 찍는다고? 나한테 그걸 참으라고?"

"……어차피 당한다면 마지막인 게 좋지 않아? 아니면
가출할까?"

"여기서 재워준다면 그딴 집 언제든 나올 텐데."

말은 웃으면서 했지만, 눈은 웃고 있지 않았다. 도모키는
당황했다. 설령 부모님이 허락해도 절대 이 녀석과 매일 같이
지낼 수는 없다.

"그건 역시 무리……. 일단 여기 있으면 금방 들켜."

"하긴."

고스모는 혀를 찼다.

고스모는 엄마가 집을 나간 직후, 가이아를 데리고 한 번
가출한 적이 있다고 했다. 하지만 곧바로 집에 끌려가서 호되
게 얻어맞았다고 한다.

고스모네 아빠는 자식 따위 거추장스럽게 여길 게 분명
한데 왜 형제를 맡았을까. 가출하든 말든 내버려두면 될 텐
데, 왜 찾아서 데리고 돌아갈까. 도모키는 이해가 잘 안 갔다.
혹시 스트레스의 배출구로만 필요한 거라면 그 형제한테는
정말 안된 일이다. 아니면 역시 핏줄로 연결된 자식한테는 그
래도 얼마간 애정이 있는 걸까?

"……비디오카메라, 있냐?"

고스모는 잠시 생각하더니 체념한 듯 물었다.

"있어. 아빠 건데, 마음대로 써도 돼."

집에는 메모리카드에 녹화하는 형태의 콤팩트한 디지털 비디오카메라가 있다. 거의 도모키의 운동회 같은 행사를 찍을 때 사용하고, 아니면 도모키가 그 주변에서 곤충이나 풍경을 찍을 때 쓴다. 메모리카드가 꽉 차면 필요한 건 DVD에 보존하고 필요 없는 영상은 삭제한다. 도모키는 그런 걸 좋아했기 때문에 아빠 컴퓨터와 비디오카메라도 어느 정도 조작할 수 있었고, 최소한 기계치인 엄마보다는 잘 다룬다고 자부했다.

"그럼 이렇게 하면 되나. 집 어딘가에 숨어서 도촬할 거야?"

고스모가 다시 질문했다. 그제야 도모키는 그렇게 구체적으로는 생각해보지 않았다는 걸 깨달았다.

"으, 응. 그러……네. 그러는 게 좋을까?"

그 집에 숨어서 도촬? 내가? 말도 안 돼, 라고 생각했지만, 입 밖에 내지는 못했다.

만약 몰래 찍다가 들키면 어떻게 될까? 당연히 곱게 못 넘어간다.

"……집 밖에서는 못 찍어? 혹시 들켜도 도망갈 수 있는 곳에서 말이야. 붙잡혀서 카메라를 뺏기면 아무 소용 없잖아."

도모키의 말에 고스모는 인상을 쓰며 생각하는 듯했다.

"밖에서…… 밖에서라……. 커튼 열어두면 마당에서 식당 쪽을 찍을 수 있을 거 같은데."

밤이 늦으면 집 안은 잘 보이고, 반대로 마당은 잘 보이지 않는다. 그렇다면 그리 크게 위험하지는 않을 듯했다. 그런데…….

"아냐, 역시 안 돼. 잘될 리가 없어."

고스모가 고개를 절레절레 흔들어서 도모키는 안심했다.

"설령 그 인간을 교도소에 집어넣는다 해도 평생 못 나오는 건 아니잖아."

"그야…… 그렇겠지. 사람을 죽인 게 아니니까."

"그 인간이 나오면 분명 우리를 죽이러 올 거야. 그러면 어떡해?"

생각지도 않았던 일이다. 텔레비전 드라마에서도 나쁜 놈이 체포되면 이야기는 끝났다. 가끔 체포되지 않을 때도 있지만 체포되면 해피 엔딩이다. 하지만 고스모 말을 듣고 보니, 한번 사람을 죽인 사람은 교도소에서 나와 다시 살인을 저지르기도 한다.

"경찰이…… 지켜주지 않을까?"

도모키가 자신 없는 목소리로 말하자 고스모는 코웃음을 쳤다.

"바보야. 그럴 리가 있냐. 경찰이 그렇게 한가할 줄 아냐. 스토커든 살인자든, 교도소에서 나오면 나 몰라라야. 또 사건을 일으키기 전까지는."

물론 교도소에 전과 몇 범이나 범죄를 여러 번 저질러서 들어간 사람이 있는 건 알았다. 살인자도 형기를 마치고 나오면 일반인들 사이로 들어와 섞인다. 그리고 형기를 마쳤다고 해서 모두 갱생하거나 반성하지는 않는다.

도모키는 그 괴물을 생각했다. 그런 인간이 교도소에 들어갔다고 해서 진짜 사람이 되어 돌아올까? 상상이 안 갔다.

"내가 몇 번을 말했냐. 하느냐, 당하느냐, 라고. 한다면 죽이는 수밖에 없다고. ……아, 그렇지."

뭔가 좋은 생각이 떠올랐는지 고스모의 얼굴이 확 밝아졌다. 웬일로 눈동자를 반짝이면서 도모키를 바라본다.

"뭐?"

"좋은 생각이 났어. 나 혼자서는 무리여도 네가 도와주면 할 수 있을지도 몰라."

"혼자서는 무리라면, 설마……."

"맞아. 그 인간을 없애는 거야."

"무슨 그런 농담을 해. 난 못 해!"

"괜찮아. 마지막은 내가 할 테니까. 넌 조금만 도와주면 돼."

"안 된다니까! 살인은…… 살인은 안 돼! 범죄야!"

"초딩은 교도소에 안 가. 몰랐냐?"

"그런 문제가 아니라…… 하면 안 된다고. 아무리 그 인간이, 너희 아빠가 그런 인간이라도."

"그, 러, 니, 까, 다른 방법이 없다니까. 이대로 그 인간 좋을 대로 두면 언젠가 분명 내가 죽어. 목뼈가 부러져 죽을지, 굶어 죽을지 모르지만. 그래도 참으라고?"

고스모 말은 틀리지 않을 것이다. 단지 도모키는 살인을 돕고, 그걸 가까이에서 지켜보기가 무서울 뿐이었다. 고스모에게 최선은 그 인간을 죽이는 것이다. 유일한 방법이다. 그러나…….

"어떻게 할 건데?"

도모키는 일단 물어봤다. 만약에 좋은 생각이라면 조금은 긍정적으로 검토해줘야 친구라고 생각했기 때문이다.

"식탁 밑 같은 데에 숨어 있는 거야. 그 인간이 지나가면 다리를 붙잡아서 쓰러뜨려. 그러면 내가 칼로 그 인간을 찌르는 거야."

고스모가 손짓발짓 섞어가면서 상황을 연출하지만, 성공과는 거리가 멀어 보였다. 도와줄까, 하던 마음은 점점 사라졌다.

"그런 게 잘될까…….""

"그러면 어떻게 하자는 거야?"

고스모가 화난 듯 오히려 되물었다.

"으음…….""

도모키는 그걸 내가 왜 생각해야 할까, 의아해하면서도 일단 생각한다.

"덫 같은 게 좋겠어. 방문 같은 곳에 발이 걸리게 끈을 쳐 둬. 넘어지는 자리에 테이프 같은 게 많이 있으면 못 움직이지 않을까? 바퀴벌레 잡는 컴뱃처럼. 그때 방망이 같은 걸로 때리는 게 더 좋을 거 같아. 너는 힘도 세니까 머리를 때리면 죽지 않을까? 칼은 가까이 가야 하는데, 팔이라도 잡히면 끝장이야."

덫만 놓는 거라면 도와줄 수 있다. 그다음에 일어나는 일은 보고 싶지 않다. 친구가 뭐 그러냐고 하든 말든, 싫은 건 싫은 거다.

다행인지 불행인지, 고스모는 도모키가 대충 말한 그 아이디어를 잠시 생각하더니 마음에 든 모양이었다.

"그래. 그렇게 하자. 오케이? ……끈과 테이프, 여기 있지? 우리 집에 얼마나 있는지 모르니까 좀 빌려줘."

"뭐?! ……오늘 하려고?"

깜짝 놀라는 도모키를 고스모가 날카로운 눈으로 노려본다.

"오늘 안 하면 내가 죽는다니까! 도와준다며!"

"······알았어."

도모키는 그렇게 대답할 수밖에 없었다.

6

두 사람이 준비를 마치고 고스모 집으로 향했을 때는 이미 5시가 지나 있었다. 테이프는 도모키 집에 있었지만, 고스모가 종이테이프는 불안하다고 해서 생활용품점까지 가서 천으로 된 튼튼한 것을 도모키 용돈으로 샀다. 하긴 이거라면 쉽게 찢기지 않을 것이다. 그리고 비닐 끈도 가는 게 아니라 굵은 형태로 샀다.

"그 인간이 돌아오기 전에 덫을 쳐야 해!"

고스모에게 자전거가 있으면 더 빨리 이동할 수 있겠지만, 아쉽게도 없다. 하는 수 없이 도모키도 걸어간다. 용품점에는 혼자 와도 됐다는 생각이 나중에야 들었지만, 이미 늦었다.

도모키 집에서 용품점, 용품점에서 고스모 집까지는 각각 15분 정도 걸린다. 아직 낮과 다를 바 없는 열기 속에서 둘은 땀을 뻘뻘 흘리며 걸었다. 그런데 더위보다, 그 무엇보다도 앞으로 자신들이 하려는 일의 무게에 도모키의 머리는 가득 차 있었다.

고스모는 정말 그 인간을 죽일 수 있을까. 죽이면 어떻게 될까. 만약 실패하면 어떻게 될까. 덫 놓는 걸 도와주기만 했는데도 공범일까.

생각해도 답도 안 나오는 의문이 빙글빙글 계속 머릿속을 맴돈다.

고스모 집 근처도 참 오랜만이었다. 가까워질수록 안 좋은 기억이 되살아났다. 입속은 바싹 말라서 달라붙을 듯하다.

도모키뿐 아니라 고스모도 발걸음이 무거워지고 마지막 한 블록이 유난히 멀게 느껴진다.

평소에는 어떤지 모르지만, 주택가라도 큰길에서 하나 들어간 길은 사람 하나 보이지 않는다. 고스모 집은 그 안쪽에 있었다.

어느 틈에 둘 다 발소리를 죽이며 천천히 걷고 있었다.

"저기."

"뭐?"

"너희 아빠, 아직 안 돌아오시겠지?"

한창 덫을 놓고 있는데 돌아오면 최악이다.

"괜찮……을 거 같긴 한데. 솔직히 몰라. 그 인간, 아무 말 안 하고 있다가 갑자기 돌아오니까. 나랑 가이가 쫄면 엄청 좋아해."

그때도 그랬겠구나, 하고 도모키는 떠올렸다.

그런 생각이 들자, 혹시 당장이라도 돌아올까 봐 뒤를 돌아보게 된다. 녹슨 대문은 열려 있었다. 현관까지는 겨우 몇 걸음이다. 목에 건 열쇠로 문을 연 고스모를 뒤에서 밀다시피 하며 안으로 들어갔다. 고스모는 서둘러 안에서 문을 잠근다. 아빠는 당연히 열쇠를 갖고 있겠지만 돌아왔을 때 조금이라도 발을 묶어두고 싶어서일 것이다.

"빨리하자."

고스모는 순식간에 신발을 벗어 던지고 들어가는가 싶더니, 두세 걸음 만에 경직한 듯 멈춰 섰다.

"왜 그……."

도모키는 하려던 말을 삼켰다. 고스모가 손가락을 입에 대며 필사적인 표정을 지었다.

뭔가에 귀를 기울이고 있는 듯하다. 도모키도 온 신경을 귀에 집중한다.

분명히 집 안쪽에서 무슨 소리가 들린다. 일정한 리듬으로 옷깃이 스치는 소리처럼도 들렸다.

고스모가 조용히 걸음을 옮겼기 때문에 도모키도 최대한 소리가 나지 않게 신발을 벗고 뒤를 따랐다. 계단 위는 그 끔찍했던 아이들 방이지만 그쪽으로 가는 건 아닌 모양이다. 우측에 맹장지 문이 있지만 식당은 그대로 복도 안쪽에 있는 듯했다.

서걱, 서걱, 하는 소리가 점점 커진다. 그 사이사이로 중얼거리는 듯한 목소리도 들린다.

누군가 있다. 십중팔구 고스모 아빠다.

순간 도망치고 싶었다.

그때 도망쳐야 했다. 하지만 도모키는 소리의 정체에 홀린 듯, 그리고 역시 그 정체를 알아내려고 나아가는 고스모에게 홀린 듯 따라갔다.

소리는 마당에서 들렸다.

둘은 식당 입구에서 걸음을 멈추고 마당에 있는 남자를 가만히 엿보았다.

좁은 마당에서 웃통을 벗고 삽을 휘두르고 있다. 삽을 내리꽂았다가 꺼내서 떠낸 흙을 옆으로 내던지며 뭔가 내뱉듯 중얼거린다.

서걱, 서걱, 젠장. 서걱, 서걱, 젠장.

죽여버릴 거야.

똑똑히 들렸다.

아직 도모키한테는 도망칠 기회가 있었다. 하지만 그러지 않았다.

저 인간은 왜 구멍을 팔까. 그걸 확인하지 않고서는 무서워 견딜 수 없다.

고스모가 뭔가를 봤는지 눈동자가 커지고 입술 사이로 목소리가 흘러나왔다.

"가이……."

도모키는 그 시선을 좇는다.

마당으로 나가는 새시가 열려 있었다. 바로 그 옆에는 반쯤 닫힌 커튼으로 외부로부터 몸을 숨기듯 꺾여서 누워 있는 작은 몸이 있었다. 물론 가이아다.

아주 부자연스러운 자세였다. 장소도 이상하다. 사람은 저런 곳에서 저렇게 자지 않는다.

그런 생각을 하면서도 도모키의 머리는 명백한 사실을 계속 부정했다.

아냐, 아냐, 아냐, 아냐, 아냐, 아냐, 그럴 리가 없어, 그럴 리가 없어…… 하고.

하지만 마당을 파는 고스모 아빠의 모습을 다시 확인하고 인정하지 않을 수 없었다.

작은 소년은 분명히 죽어 있다. 그리고 그 애 아빠는 지금 정말로 아이를 묻을 즉석 무덤을 파고 있는 거다.

야마가미 시게오가 이마에 흐르는 땀을 팔로 훔친 순간, 이쪽으로 시선을 보내더니 굳었다.

들켰다.

"고스……."

시게오는 아연실색한 표정으로 중얼거린다.

다음 순간, 고스모는 도모키의 팔을 잡고 현관으로 뛰었다.

"고스모! 잠깐!"

시게오의 큰 소리에 도모키도 마치 주술에서 풀린 듯 몸이 움직여졌다. 굴러가듯 고스모 뒤를 따라간다.

고스모는 주저 없이 맨발로 현관을 뛰쳐나갔지만, 도모키가 더 냉정했다. 두 사람 신발을 모두 주운 뒤 쫓아갔다.

맨발로는 멀리 도망가지 못한다.

"고스모! 도망가긴 어딜 도망가!"

괴물도 구덩이 파는 작업 탓에 지쳤는지 모른다. 괴물이 두 사람을 쫓아서 현관을 뛰쳐나왔을 때 이미 도모키는 골목을 돌던 참이었다. 앞에는 뒤도 안 돌아보고 뛰는 고스모 등이 있었다. 그 등을 놓치지 않게 더 이상 뒤쪽은 신경 쓰지 않기로 했다.

"어서 이리 와!"

조용한 주택가에 짐승 같은 성난 소리가 울려 퍼졌다.

어쩌다 이런 일이, 어쩌다 이런 일이…… 하고 머릿속에서 되뇌고 있었다.

뭐가 어떻게 곤란해졌는지도 아직 모른 채.

7

야마가미 시게오는 현관에서 샌들을 신는 둥 마는 둥 하고 뛰어나갔다. 새끼 원숭이처럼 도망친 소년이 모퉁이를 돌고 있었다. 어차피 뛰어가봤자 소용없다. 신발을 바꿔 신으러 돌아가면 놓친다. 웃통도 벗은 상태다. 이런 모습으로 애를 뒤쫓으면 사람들 시선을 끌 뿐이다. 포기하는 수밖에 없다.

"어서 돌아오지 못해!"

아직 멀리 못 갔을 고스모를 향해 소리치면서도 머리는 혼란스러웠다.

어쩌다 이렇게 됐지? 그 녀석은 왜 고스모와 같이 온 거야? 둘 다 그걸 봤나?

그 녀석은 고스모 동급생이다. 후지사와……였나? 하굣

길에 항상 고스모와 같이 있던데, 언제 봐도 기분이 안 좋은 듯 어두운 녀석이다. 괜찮은 집 자식인지, 언제나 옷도 잘 입고 있고 성적도 좋아 보인다. 도대체 왜 둘이 친한지, 시게오는 이해가 안 갔다. 어차피 고스모는 나를 닮아 머리가 나쁘니까, 몸을 단련해서 운동 같은 걸로 먹고살 수밖에 없는데.

시게오는 소년의 성은 알았지만, 집이 어딘지는 몰랐다.

고스모와 같이 있었으니 곧바로 경찰한테 가지는 않을 것이다. 고스모가 돌아올 때까지 기다렸다가 집을 물어보는 수밖에 없다.

아니지, 그 녀석이 돌아오긴 할까?

고스모는 갈 데도 없다. 설령 시게오가 하는 걸 보고 놀랐더라도 분명히 조만간 돌아온다. 하지만 고스모와 입장을 바꿔서 곰곰이 생각해봤다. 결론은 돌아올 리가 없다.

죽을 게 뻔하지 않은가. ……아니, 지금으로써는 녀석을 죽일 생각은 없다. 하지만 이런 상황에서는 살해당할 거라 생각해도 어쩔 수 없다.

그렇다고 녀석들이 경찰서로 달려갈 것 같지도 않다. 그런 배짱은 없을 것이다.

그때 가이아의 시신을 그대로 뒀다는 게 떠올랐다.

초조해하지 말자. 초조해해서 좋을 게 없다. 가이아 건을 정리한 다음 차분히 생각하고 행동하면 된다. 녀석들이 할 수 있는 건 없을 것이다.

현관에 들어가기 전에 옆집 2층에서 내려다보는 여자와 눈이 마주쳤다. 항상 쓰레기를 버리는 방법과 아들들 예의범절에 관해 참견하던 여자다. 한번 싱글벙글 웃는 얼굴로 다가가 귓가에 대고 "죽여버린다"라고 했더니, 그 이후론 얌전해졌다.

시게오가 미소를 짓자 여자는 화들짝 놀라서 입을 틀어막고 커튼을 닫았다.

미소를 지우고 현관으로 들어가서 다시 문을 잠갔다. 잠시 생각한 뒤 체인도 걸었다. 당장 고스모가 돌아오지는 않겠지만 일단 조심해야 한다.

아무튼 시체부터 처리해야 한다. 뒷마당 담장은 높고 가이아 시체는 커튼에 가려 안 보인다지만 그대로 둘 수는 없다. 이 더위에 부패하는 건 시간문제다.

시게오는 식당으로 돌아가서 완전히 핏기를 잃고 피부가 납처럼 변한 가이아를 내려다봤다.

살아 있을 때도 애정은 없었지만, 죽은 지금은 그저 거추장스러운 살덩어리에 불과하다.

웅크린 채로 둔 건 사후경직을 우려해서다. 똑바른 자세로 사후경직이 일어나면 큰 구멍이 필요하다.

가녀린 팔을 잡아봤다. 살짝 잡아당겼지만 경직이 꽤 진행되었는지 펴지지 않는다.

뒷마당 담은 높아서 어지간한 곳에서는 보이지 않을 것이다. 하지만 아직 너무 밝다. 시체를 들고 나갈 마음은 안든다.

창문과 커튼을 꼭 닫고 크레센트 잠금장치를 걸었다.

젠장. 어린 새끼들 때문에 이게 웬 날벼락이람. 어쩌다 이런 꼴이 된 건지.

시게오는 쿵쾅쿵쾅 2층으로 올라갔다. 아이 방 맹장지 문을 열고 휙 둘러본다. 최근에는 자주 들여다보지 않았는데, 생각보다 더 어질러져 있어서 또 화가 난다.

공부 책상은 하나뿐이다. 가이아가 초등학생이 되었을 때 고스모와 같이 쓰면 된다고 따로 사주지 않았다. 시게오 자신도 책상 앞에서 공부한 기억이 없었다. 그래서 아내가 첫 책상을 사려고 했을 때도 "그런 게 왜 필요해"라고 말했다. 결국 당시 아직 건재했던 장인, 장모님이 입학을 축하한다면서 책가방을 비롯해 전부 사줬다. 그로서는 불평할 게 없었다.

책상 위에는 두 아들의 교과서와 교재, 유인물 등이 산더미처럼 쌓여 있다. 어딘가에 학급 명부 같은 게 있을 것이다. 차례로 살폈지만 도움이 될 만한 건 없다. 죄다 이미 지난 행사 안내에다가 형편없는 성적의 시험지. 쓰레기뿐이었다.

초조해져 바닥에 깔린 이불 위로 마구 내던졌다. 이윽고 명부 같은 것이 눈에 띄었다.

'5학년 1반'이라고 적혀 있는 걸로 보아 틀림없이 최신 학급 명부다. '야마가미 고스모'라는 이름과 같이 '후지사와 도모키'도 있었다.

그런데 시게오가 알고 싶었던 주소와 전화번호는 없다. 열이 확 뻗쳐 명부를 공처럼 구겨서 벽을 향해 힘껏 내던졌다.

뭐냐, 이게. 명부가 왜 명부인데. 시게오는 이런 때 '개인 정보'라는 걸 보호하는 건 아무 의미가 없다는 생각이었다. 그저 불편할 뿐이다.

다시 책상 쓰레기를 뒤지려다가 문득 생각이 났다.

1층 식당으로 내려가서 지금은 거의 쓸 일이 없어진 유선전화기를 내려다본다. 주변에 메모 같은 것이 있는지 찾았지만 없었다.

고스모가 가끔 이 전화를 몰래 쓰는 건 알고 있었다. 전화 걸 상대도 없을 테니 친구가 그 녀석 한 명이라면 분명 이 전화기로 걸었을 터다.

전화기는 둘째 가이아가 태어나고 이 집으로 이사 오면서 산 물건이다. 이미 6, 7년 전 기종으로 무선전화기가 하나 달려 있고, 부재중 기록을 남길 수 있다. 무선전화기는 물론 시게오 방에 있기에 고스모가 쓴다면 이 본체다. '재다이얼'

이라고 적힌 버튼을 누른다. 액정 화면에 번호가 나타난다. 처음 보는 휴대전화 번호다.

잠시 노려보다가 식탁 위에 놔둔 휴대전화를 들고 메모 대신에 번호를 등록한다.

오싹하니 한기가 나면서 몸이 떨린다.

땀을 뻘뻘 흘린 채로 에어컨 바람이 강한 곳에 있다 보니 쌀쌀했던 모양이다. 우선 샤워를 하고 옷을 갈아입자.

시게오는 욕실로 가서 속옷과 바지를 같이 벗었다.

***

고스모의 공포감은 엄청났던 모양이다. 난생처음 보는 속도로 도모키와 거리를 벌렸다. 도모키는 신발을 신을 새도 없이 죽을힘을 다해 고스모를 뒤쫓았다. 5분 정도 무작정 뛰었을 즈음 야마가미 고스모의 체력이 한계에 달했는지 급격하게 속도가 떨어졌다.

"야마가미! 야마가미! 신발! 신발!"

도모키가 이름을 부르면서 거리를 좁히자 마침내 고스모가 돌아보면서 멈춰 섰다. 차량이 많은 간선도로 인도를 오가던 사람들은 두 소년에게 순간 의아한 시선을 보내지만, 곧바로 지나간다.

도모키는 고스모의 신발을 그쪽에 내던진 뒤 자기 신발

도 내려놨다. 하얀 양말은 흙투성이가 되어 손으로 털어도 떨어지지 않았다. 하는 수 없이 양말을 벗어서 돌돌 말아 들고 있던 생활용품점 비닐봉지 속에 넣었다. 그 안에는 테이프와 비닐 끈이 들어 있었는데, 왜 이런 걸 들고 있는지 생각이 안 나서 잠시 뚫어지게 봤다.

허둥지둥 정신을 차리고 맨발로 신발을 신었다. 야마가미 고스모는 땀을 줄줄 흘리면서 공허한 표정으로 서 있었다.

"야! 야마가미. 정신 차려. 신발도 신고."

뒤가 신경 쓰여 돌아보고 귀도 기울여보지만, 그 인간이 쫓아오는 낌새는 없다. 아직은 괜찮은 듯하다.

신발을 가지런히 놔주자, 고스모는 천천히 신발을 신었다. 신발 뒤축을 밟고 있어서 손가락을 집어넣어 제대로 신겨준다.

일어나서 고스모의 얼굴을 들여다봤지만, 아직도 충격에서 빠져나오지 못한 듯 표정이 없다.

"야마가미, 무작정 도망쳐봤자야. 갈 데라도 있어?"

도모키의 물음에 야마가미 고스모가 천천히 도리질을 한다.

"없구나. ……아마 그 인간, 더는 안 쫓아올 거야. 옷도 안 입고 있었고, 가이를 그대로 두고 오지는 않을 테니까."

"……어어……."

고스모는 여전히 넋이 나간 듯하다. 머리를 좀 굴려보라고. 도모키는 초조하다.

"이제 경찰한테 가야 하는 거 아냐? 그 인간, 너도, 아니, 아마 나도 가만 안 둘 거야. 만약 잡히면 우리 둘 다 죽어. 다…… 봤으니까."

"경찰……."

"그래, 경찰. 경찰이 지켜줄 거야."

갑자기 고스모의 눈빛이 이성을 되찾는 듯하더니 세차게 고개를 가로젓는다.

"안 돼! 경찰을 어떻게 믿어! 그 인간 동료잖아. 애 말과 그 인간 말, 누구 말을 믿겠냐?"

"……가이가 살해됐다고 하면 분명 누군가 집에 들어가서 확인해줄 거야! 그러면 우리 말이 진짜란 걸 금방 알 수 있어."

"동생은 지금 잠시 친척 집에 갔다고, 애들이 경찰을 놀리는 거라고 하면? 그래도 경찰이 집을 조사할까?"

"그건……."

모르겠다. 손에 쥔 증거가 전혀 없다. 휴대전화로 사진이라도 찍었다면 몰라도, 그런 생각을 할 여유도 없었다. 설령 찍었더라도 도모키 휴대전화 화질로 과연 가이아가 죽은 걸 확실히 알 수 있을지 의문이었다.

그 인간이 판 구멍에 들어간 가이아 사진이라도 있으면 또 모르지만.

도모키는 몸을 바르르 떨었다.

지금 다시 그곳에 돌아가서 사진을 찍는다?

아니 아니 아니, 절대 못 한다. 절대 불가능하다.

"……아무튼 일단 우리 집에 가자. 배도 고플 테고. 어…… 엄마가 밥 차려주실 거야."

"……그럴……까. 고마워."

도모키는 주변을 둘러봤다. 지금 자신들이 어디에 있는지, 집에 가려면 어느 방향으로 가야 할지 모르겠다. 아주 낯설지는 않지만, 평소 거의 온 적이 없는 곳이었다.

"야마가미, 우리 집 어느 쪽인지 알아?"

야마가미 고스모가 자기 집 방향은 안다고 하기에 시게오와 마주칠까 벌벌 떨면서도 왔던 길을 돌아갔다. 마침내 낯익은 길이 나타났고, 최단 거리로 집을 향했다.

집에 도착했을 때는 6시가 넘어 있었다. 큰일을 겪은 데다 뛰어서 그런지 배가 몹시 고팠다. 집에 가는 중에 미리 전화로 고스모 얘기를 해둔 터라 엄마는 평소보다 일찍 고스모 밥까지 준비해줬다.

엄마는 현관에서 두 사람을 보자마자 비명을 지르다시피

했다.

"너희 꼴이 그게 뭐야! 어서 샤워라도 해! 옷은 세탁기에 넣고. 갈아입을 옷 꺼내놓을게."

방에도 못 들어가게 하고 곧바로 현관 근처 욕실에 강제로 밀어 넣었다. 하는 수 없이 둘은 벌거숭이가 되어 옷을 세탁기에 넣고 샤워를 했다. 예전에도 이런 일이 있었던 듯하지만, 서로의 알몸을 보는 건 오랜만이라 부끄러웠다. 하지만 씻는 동안에 왠지 너무 우스워져서 개운해져 나왔을 때는 무서운 걸 봤다는 사실은 거의 잊었을 정도였다.

고스모가 입을 수 있도록 반바지와 티셔츠가 준비되어 있었다. 도모키가 입으면 낙낙한 옷인데 고스모한테는 꼭 끼어서 이 역시 재미있었다.

"배고파 보여서 급히 준비하느라 좀 부실하네. 미안."

엄마는 변명했지만, 식탁 위에는 햄버그스테이크와 채소 믹스, 그리고 옥수수수프까지 차려져 있었다. 도모키는 햄버그스테이크 이외에는 전부 냉동식품이나 통조림일 거란 걸 알았지만, 맛은 나쁘지 않았다. 불만이 나올 리가 없었다.

둘은 우선 저녁부터 먹고 방에 가서 앞으로 어떻게 할지 의논하기로 했다.

처음에는 키득키득 웃었지만 이내 자신들이 처한 상황을 떠올리자 자연히 웃음소리는 사라졌다.

도모키가 용기를 내서 입을 열었다.

"저기…… 일단 우리 부모님에게 말씀드리자. 안 될까?"

아니나 다를까, 고스모는 고개를 끄덕이지 않는다.

"……안 돼. 그러면 분명 경찰한테 말하라고 할 거야."

"그렇지만…… 경찰한테 갈 때 어른이 따라가면 조금은 믿어줄지도 몰라."

"그 어른은 아무것도 못 봤잖아!"

맞는 말이긴 한데…….

"안나 선생님은?"

"안나가 뭐, 어쨌는데?"

"안나 선생님이라면 네가 항상 어딘가 다쳐서 온다는 걸 아시잖아. 아마 선생님은 그 인간이 폭력을 휘두르는 걸 알고 계실 거야. 우리 부모님보다 더 믿어주실 거 같고, 학교 선생님이니까 경찰도 믿어주지 않을까?"

"안 돼! 안나가 무슨 상관이야!"

화가 난 듯했다. 안나 선생님에 관한 일이라면 고스모는 유독 완강하다.

"……그럼 가이네 담임선생님은? 가이가 죽었다고 하면 놀라서 알아봐주시지 않을까?"

"가이 담임은 잘 알지도 못하는데 어떻게 믿냐?"

이래서야 손쓸 도리가 없다. 도모키는 스멀스멀 화가 치밀었다.

"맘대로 해."

내뱉듯 말하고 고개를 홱 돌렸다. 고스모가 허둥거리는 말투로 변명한다.

"그렇게 말하지 마. ……나도 생각은 하는데 어떻게 해야 할지 몰라서……."

"원래 난…… 난 상관없으니까. 알긴 해? 난 전혀……."

그때 어디선가 휴대전화 소리가 울렸다. 방문을 열자 엄마가 도모키의 휴대전화 스트랩을 손에 들고 있었다.

"전화 왔어."

탈의실에서 옷을 벗어놓다가 잊어버렸다.

"아 참."

도모키가 발신 번호를 확인하자, '발신번호표시제한'이라는 문구가 떠 있었다. 엄마가 들여다보기에 "고마워" 하고 문을 닫은 뒤 전화를 받았다.

"……여보세요."

귀를 기울였지만 아무 대답 없었다.

"여보세요. 누구세요?"

역시 대답은 없었지만 희미하게 무슨 소리가 들리는 것 같았다. 뭔가를 톡 톡 치는 듯한 소리다.

"여보세요? ……장난 전화인가?"

"……고스모 거기 있지?"

그 목소리는 마치 바로 뒤에서 들려오는 듯했다. 도모키가 흠칫 놀라서 한 걸음 물러나 주변을 두리번거릴 정도였다.

고스모가 걱정스럽게 쳐다보았다. 도모키는 몇 번이나 고개를 끄덕였지만, 온몸이 바들바들 떨려서 의미가 통했는지 자신은 없었다.

"경찰에는 안 갔어. 그렇지? ……너희 집이냐? 어? 후지사와, 도모키?"

그 인간이 내 이름을 불렀다. 더 이상 도망갈 데가 없다. 난 그 인간 손바닥 위에서 춤추고 있을 뿐이다.

"경찰한테 가봤자야. 나쁜 친구 꼬임에 넘어가서 고스모가 없어졌다고 신고했거든. 만약 너희가 경찰한테 가면 거기서 '보호'해주기로 했으니까. 알겠냐? 내가 갈 때까지 '보호'해준다고."

눈앞이 깜깜해졌다. '눈앞이 깜깜해진다'는 표현이 있는 건 알았지만, 정말 깜깜해진 건 처음이었다.

아니, 빨갛다. 새빨간 어둠이 서서히 흐릿해진다. 이윽고 걱정스러운 눈빛으로 들여다보는 고스모의 얼굴이 보였다.

"고스모 바꿔. ……고스모 바꾸라고!"

이 인간이 시키는 대로 하면 안 된다고 생각하면서도 도모키의 몸은 명령을 따르고 있었다.

휴대전화를 두 손으로 붙들고 고스모에게 내민다.

"그 인간? 그 인간이야?"

고스모 입이 그렇게 움직인 듯했다. 도모키는 한시라도 빨리 이 불길한 휴대전화를 넘기고 싶은 마음에 거칠게 떠넘겼다.

"⋯⋯여보세요."

고스모는 깜짝 놀란 모습으로 눈을 휘둥그레 뜨더니, 잠시 뭔가에 홀린 듯 전화기 속 목소리에 귀를 기울였다. 하지만 이내 정신을 차린 듯 소리쳤다.

"싫어⋯⋯. 싫다고 했잖아! 절대 안 돌아가! 죽어! 죽어 죽어 죽어 죽어! 죽어랏!"

전화를 끊으려고 버튼을 보지만, 어떻게 할지 모르겠는지 도모키에게 돌려준다.

도모키는 여전히 무슨 소리가 흘러나오는 전화기를 얼굴에서 멀리 떨어뜨린 채 '종료' 버튼을 눌러서 끊었다.

긴장이 풀리며 휴 한숨을 내쉬는데 다시 '발신번호표시제한' 전화가 울렸다. 둘 다 흠칫했다.

도모키는 계속 울려대는 휴대전화를 침대 베개 밑에 밀어 넣고 위에서 눌렀다.

한동안 희미하게 벨 소리가 울렸다. 마치 고스모 아빠가 멀리서 아들을 부르는 소리 같았다.

8

시게오는 "경찰에 신고했다"고 후지사와 도모키에게 말했지만, 물론 단순한 공갈이었다. 그렇게 선수를 쳐두면 어차피 애들이니 당장 경찰한테 가지는 않을 거라는 확신이 있었다. 항상 경찰 제복을 입은 시게오를 보고 겁을 먹고 있었다. 분명히 길에서 경찰을 볼 때마다 벌벌 떨면서 몸을 숨길 것이다.

이제 그 후지사와 도모키라는 아이 집만 알아내면 된다. 경찰을 찾아가진 않겠지만 부모, 형제한테 함부로 입을 놀리기 전에 단단히 입막음해둘 필요가 있다.

어지간한 건 직접 만나서 확실히 위협하면 입을 막을 수 있을 것이다. 가족도 무사하지 못할 거라고 암시하면 충분하다.

그런데 이번 건은 특별하다. 아무리 아이라 해도 평생 잊기 어려운 일이다. 지금은 입을 다물더라도 몇 년 지나서 누군가에게 흘릴 가능성이 아주 높다.

역시 며칠 내로 처리해야 하나.

시게오는 대형 쓰레기를 버릴 때만큼 마음이 무거웠다.

실제로 지금 집에는 오래전부터 버리기로 하고선 버리지 못한 대형 쓰레기가 여럿 있었다. 두 아이가 사용한 세발자전거는 뒷마당에서 비를 맞고 있다. 또 미니 컴포넌트와 청소기도 새 제품을 샀지만, 고장 난 예전 것이 여태 헛방에 들어 있다.

굳이 지금 안 버려도 되니까, 하는 생각에 질질 미루게 되는 마음도 똑같았다.

지금 해치우면 홀가분한데 막상 귀찮다고 미뤄서 오랜 스트레스의 근원이 된다. 어느 순간 마음먹고 치우면 너무나 싱겁게 후련해져서 왜 더 일찍 하지 않았을까, 하고 후회한다. 그렇다면 학습 효과가 생겨 다음부터는 부지런히 정리하게 될까. 물론 그런 일은 없었다.

하지만 이번만큼은 빨리 정리하는 편이 좋을 듯했다. 무엇보다 지금은 여름방학이다. 가이아가 없다는 사실에 의문을 품는 사람이 나오기 전에 처리하는 편이 좋다. 만약 그 도모키라는 아이를 어쩔 수 없이 처치하더라도 여름방학이라면 한동안 단순 가출로 여길 수도 있다. 이 계절에는 아이들끼리 위험한 곳에 갔다가 사고를 당하는 일도 흔하다.

그런데 고스모와 친구가 사고를 당했는데 가이아도 안 보이면, 가이아는 어떻게 된 거냐며 궁금해하지 않을까? 차라리 셋을 묶어서 사고로 위장하는 편이 나으려나?

그러면 그 녀석들로부터 완전히 해방되고 이 집에서도 떠날 수 있다. 고스모가 태어났을 때부터 그 여자가 내심 원하던 '마당 있는 단독주택'이다. 어리석게도 싸구려를 샀고, 지금은 거의 땅값 정도밖에 안 되겠지만, 팔면 부엌, 식당이 딸린 방 두 개짜리 맨션 정도는 살 수 있을 것이다. 자식 둘을 사고로 잃었다며 위로금도 나올지 모른다.

시게오는 한동안 장밋빛? 상상에서 헤어나지 못했다. 그러다 간신히 그 아이디어를 가슴 밑바닥으로 치워놓는 데 성공했다.

여하튼 그 둘을 찾는 게 우선이다. 고스모가 이전처럼 얌전히 말을 들으면 용서해줄 수도 있다. 그렇다. 예를 들어 후지사와 도모키가 '사고'를 당했다고 했을 때 동급생의 증언이 있느냐, 없느냐에 따라 경찰이 갖는 인상은 완전히 달라진다. 자기 눈앞에서 떨어졌다 —강? 절벽?—고 초등학교 동급생이 증언하면 사실 범인은 그 동급생의 아빠라고 누가 상상이

나 할까? 한편, 둘을 교묘하게 사고로 위장해서 죽였을 때 내가 근처에 있는 걸 누가 본다면 왜 때마침 사고 현장 근처에 있었는지 의심받을 것이다. 그 점에서 고스모가 있으면 "아들이 불러서 왔다"고 하면 된다. 만약 사고가 아닌 것으로 의심받으면 그때는 고스모를 범인으로 내세운다. '유서'라도 쓰게 하고 목을 매게 하는 방법도 있다. 무엇보다 고스모는 데려오는 편이 좋다. 한동안은 공짜 밥을 먹이더라도 말이다. 하지만 그 친구 녀석은 내버려둘 수 없다.

이 집도 좀 치워야지.

시게오는 집중력을 잃고 멍하니 생각했다.

***

도모키가 고스모를 집에서 재울 거라고 하자, 엄마는 고스모 부모님한테 인사라도 해야 한다고 주장했다. 그런 엄마를 설득하는 건 보통 일이 아니었다. 시게오가 주소를 물으면 엄마는 선선히 대답할 수도 있다. 또 시게오가 엄마에게 어떤 몹쓸 소리를 할지 모른다. 절대 두 사람이 얘기를 나누게 해서는 안 된다.

"됐다고! 오늘은 아무도 안 계셔. 걔네 집 엄마는 안 계시고. 아빠는 야근하고 계신다니까."

"휴대전화는 가지고 계실 거 아냐. 번호 불러봐."

엄마는 전화기를 들고 고스모에게 묻는다.

"네? 아……."

어떻게 해? 침대 위에서 무릎을 끌어안고 있던 고스모가 도움을 청하는 시선을 보낸다. 도모키는 필사적으로 고개를 가로저으면서 절대 대답하지 말라고 했다.

"……번호…… 못 외워요. 걸 일이 거의 없어서."

"흠…… 그럼 어쩔 수 없지. 그래, 알았어."

어쩐지 단순히 사실을 말한 느낌도 들었지만, 일단 엄마는 조용히 물러나 방에서 나갔다.

도모키가 서둘러 문을 닫으려는데 또다시 팔이 쑥 나와서 막는다. 엄마가 돌아왔다.

"또 왜?"

"근데, 동생은? 동생은 집에 혼자 있어?"

엄마의 물음에 도모키는 움찔하며 고스모를 돌아본다. 고스모는 멍하니 입을 벌렸다. 완전히 허를 찔린 모습이다.

도모키는 재빨리 머리를 굴렸다. 그리고 다시 들어오려는 엄마를 밀어내면서 앞질러 대답한다.

"동생도 친구 집에서 잔대. 그러니까 야마가미는 집에 가면 혼자야. 알았지?!"

정말 화가 치밀어서 엄마 등을 억지로 밀어내며 문을 닫았는데, 엄마는 떠밀려 나가면서 "네네, 알겠습니다" 하고 쓴 웃음을 지은 듯했다. 정말 화가 났다.

좀 수상해 보여도 하는 수 없다. 아무튼 오늘 밤은 여기서 쉬고 내일부터 어떻게 할지 둘이 생각해야 한다.

도모키는 엄마 슬리퍼 소리가 멀어지는 것을 확인한 뒤, 침대에 앉은 고스모 옆에 자리를 잡았다. 그리고 고스모의 얼굴을 들여다봤다.

휴대전화 전원을 껐기에 더 이상 시게오의 전화를 받을 일은 없다. 하지만 조금 전의 공포와 분노가 아직 가라앉지 않은 듯 보였다.

"……네 아빠, 어떻게 하실 거 같아?"

도모키의 물음에 고스모는 공허한 눈을 내리깐 채 도리질했다. 몸을 움츠려서 무릎을 끌어안고 앞뒤로 가늘게 흔든다.

안 되겠다. 아까 전화로 아주 무서운 소리를 들었는지, 제대로 생각할 수 있는 상태가 아닌 듯했다. 어떡하든 나 혼자서라도 그 인간에게서 도망칠 방법을 생각해야 한다.

도모키는 이를 악물고 시험 때도 이처럼 집중한 적은 없을 정도로 죽을힘을 다해 생각했다.

그 인간은 이제 어떻게 할까? 설마 여기 쳐들어와서 우리 부모님도 계시는데 난동을 부리지는 않겠지. 그랬다간 설령 그 인간이 경찰 제복을 입고 있더라도 그냥 못 넘어가지.

신고하면 경찰이 와서 잡아갈 거야.

경찰에 신고했다던 시게오의 말이 떠올랐다. 만약 머지 않아 고스모가 여기 있다는 걸 경찰한테 들키면 고스모를 데려갈지도 모른다. 그렇더라도 내가 어쩌겠어, 하고 도모키는 생각했다.

고스모는 원래 그 인간 자식이니까. 만약에 집에 가게 돼서 결국 가이아와 똑같은 꼴을 당해도 할 수 없는 거잖아. 고스모가 그동안 무사했던 건 운이 좋았을 뿐이야. 스스로 어떻게든 해보려고 하지 않은 이 녀석한테도 책임은 있어. 하지만 나는 달라. 나는 아무 상관이 없으니까.

그때 도모키는 중대한 사실을 깨달았다. 시게오가 이 집에 전화를 걸어오면 거짓말한 것이 금세 들통난다는 사실을. 동시에 몇 가지 의문도 떠올랐다.

"저기, 근데…… 왜 네 아빠는 내 휴대전화로 전화를 거셨을까?"

"……몰라. 내가 그걸 어떻게 알아…….."

고스모는 그렇게 대답했지만 다음 순간, 앞뒤로 흔들던 몸을 뚝 멈췄다.

"……재다이얼?"

그도 도모키와 같은 결론에 도달한 듯했다.

도모키가 휴대전화를 갖게 되면서 고스모는 집으로 전

화를 걸지 않았다. 아마 번호도 잊어버리지 않았을까. 요즘은 학교 명부에도 전화번호가 없으니까 고스모 아빠는 틀림없이 통화 이력이나 뭔가로 어림짐작해서 걸었을 것이다. 어차피 무슨 수를 써서라도 알아내겠지만, 당분간 집 전화로 걸려오는 일은 없을 것이다. 조금은 마음이 놓였다.

"근데, 우리 집 주소나 전화번호가 적힌 주소록이나 엽서 같은 거 가지고 있어?"

도모키는 고스모와 안 지 오래됐지만 편지를 보낸 적은 거의 없었다. 3학년 무렵, 딱 한 번 연하장을 썼지만, 답장이 없었다. 그래서 화가 나 다시는 보내지 않았다(다른 곳에도 매년 열 장 정도만 쓰지만). 아마 고스모 방을 아무리 뒤져도 도모키 집 주소는 나오지 않을 것이다. 학교에 문의해도 요즘은 주소를 쉽게 알려주지 않는다.

"……아니, 그런 거 본 적 없는데. 없어……. 없을 거야."

그래, 그럴 줄 알았어.

통화 이력에 의존해서 휴대전화로 연락했다는 사실도, 거꾸로 생각하면 우리 집 주소와 전화번호를 몰랐다는 의미다. ……적어도 지금 당장은.

"……하지만 그 인간, 경찰이니까. 금방 알아내겠지."

고스모는 이미 공포가 마비됐는지, 남의 일처럼 중얼거린다.

아마 경찰은 상세한 주택 지도도 갖고 있을 테고, 같은 통학 구역 내에서 '후지사와'라는 성을 컴퓨터로 금방 찾아낼 것이다. 어쩌면 가족 구성원 정보도 전부 있을지 모른다. '도모키'라는 이름도(한자는 몰라도) 다 아니까 주소도 금방 특정할 수 있다.

"네 아빠는 또 언제 근무야?"

아마 집에서는 그런 정보를 알기 어려울 듯해서 도모키가 물었다. 어차피 집 컴퓨터는 고스모가…… 아니, 가이아가 고장 냈다고 하지만.

"몰라. 오늘도 그렇게 빨리 돌아올 줄 몰랐어."

"야근 같은 것도 있어?"

"있어. 많지는 않지만."

실은 야근이 아니라고 해도 잊은 물건이라도 있는 것처럼 갈 수도 있다. 당장이라도 주소를 찾아서 이곳에 올 가능성도 전혀 없지는 않다.

그 괴물이 고함을 지르면서 이곳에 뛰어 들어오는 광경을 상상하자, 도모키는 순간 심장이 쿵쾅쿵쾅 뛰었다.

도저히 가만히 있을 수 없어서 방에서 뛰쳐나왔다. 현관으로 가서 문이 잠겼는지 확인한 뒤 도어 스코프를 들여다봤다.

이곳은 맨션 5층 모퉁이 집이다. 아무도 없는 복도와 이웃 맨션의 불빛이 평소처럼 도어 스코프를 통해 보였다. 잠시 숨을 죽이고 내다봤다. 움직이는 것은 전혀 없고 발소리도 안 들린다. 누군가가 사각지대에 숨어 있을 리 없다고 생각하면서도 소리가 안 나게 살며시 체인을 걸고 뒷걸음질 쳤다.

"뭐 하니?"

갑자기 뒤에서 목소리가 들렸다. 도모키는 흠칫했다. 물론 엄마다.

"체인 걸면 아빠가 못 들어오시잖아."

항상 잠가두기 때문에 아빠 마사키는 인터폰을 울리지 않고 직접 열쇠로 문을 열고 들어온다. 체인이 걸려 있으면 깜짝 놀랄 것이다.

"……요즘 이 근처도 뒤숭숭하다고 해서……."

도모키 말에 엄마는 풋 하고 웃음을 터뜨렸다.

"뒤숭숭? 무슨 옆집 아줌마 같은 소리를 하니? 뭐, 조심해서 나쁠 건 없지만……."

도모키는 엄마의 의심스러운 눈초리를 벗어나 방으로 뛰어갔다. 엄마가 체인을 풀어도 어쩔 수 없다. 어차피 열쇠가 없으면 침입하지 못한다. 누군가 인터폰을 울리면 엄마보다 먼저 현관에 가자. 도모키는 다짐했다. 그리고 아빠가 돌아오면 다시 체인을 걸면 된다.

방에 돌아가자 고스모가 불안한 표정으로 물었다.

"왜? 무슨 일 있었어?"

"······조심하려고 체인 걸고 왔어. 아빠가 돌아오시면 다시 걸어둘게."

그 말에 고스모는 조금 안심한 듯 보였지만 입에서 나온 말은 정반대였다.

"그 인간이 마음만 먹으면 그런 거 다 소용없어."

무서운 아빠를 자랑하는 것처럼도 들렸다. 도모키는 고스모에게 진심으로 목숨을 부지하고 싶은 마음이 있는지 따지고 싶었지만 관뒀다. 고스모도 틀림없이 무서울 테니까.

"우선 오늘 밤은 이럭저럭 넘어갔다고 해도 언제까지 여기 숨어 있을 수는 없다는 거지? 도대체 어떻게 해야 할까?"

도모키는 고스모가 자기 아빠 일이니까 조금은 머리를 써줬으면 하는 마음에 신중하게 유인했다. 겁을 주고 화나게 해도 고스모는 아무 생각도 하지 않을 것이다.

도모키의 배려가 성공했는지 고스모가 툭 말했다.

"······엄마 만나고 싶어."

늘 허세만 부리는 녀석이라서, 그 갑작스럽고 예상치 못한 말이 도모키 가슴에 깊이 꽂혔다.

"엄마, 멀리 계시댔지? 어딘지 알아?"

"응. 도쿄. 예전에 딱 한 번 엽서 받았어. 주소도 있었어."

도쿄. 신칸센을 타면 아마 한 시간 정도 걸릴 것이다. 주소만 알면 어른한테 물어서 갈 수 있지 않을까.

가이아가 죽은 지금, 그 괴물을 제외하면 이제 고스모의 혈육은 엄마밖에 없다. 경찰에도 못 가고, 안나 선생님한테도 얘기하고 싶지 않다면 기댈 곳은 엄마밖에 없지 않을까.

도모키는 냉정하게 생각했다.

어쨌든 고스모 엄마만 찾으면 나는 손을 뗄 수 있다. 가이아의 죽음을 전하고 고스모를 넘겨준 뒤 돌아오면 된다. 가족 문제는 가족이 해결했으면 좋겠다.

"……네 엄마한테 가자. 도쿄까지 가는 차비 정도는 아마 어떻게든 될 거야. 내년 세뱃돈을 미리 받아도 돼. 그렇게 하자."

"뭐?"

고스모의 얼굴에서 순식간에 그늘이 사라졌다.

이게 진짜 고스모 얼굴이었나, 도모키가 놀랄 정도였다. 도모키를 알게 된 이후, 내내 그 얼굴에는 그늘이 져 있었다. 아무리 즐거운 일이 있고, 아무리 웃더라도 절대 사라지지 않는 그늘에 덮여 있었다.

"주소는? 기억해?"

도모키가 용기 내서 물어보자, 고스모의 얼굴은 한순간에 평소대로 돌아갔다.

"……아니. 한자만 있고, 모르는 데고……."

하긴 낯선 주소는 못 읽는 한자가 많아서 기억하기 어려운 법이다.

"그래. 엽서는…… 집에 있고?"

"응. ……가지러 돌아가라고?"

고스모는 도모키를 비난하듯 눈을 부릅뜨고 되묻는다.

"……엄마 만나고 싶다며?"

도모키가 추궁하자, 고스모는 시선을 피하면서 입을 다문다.

"걱정 마. 그 인간이 출근하는 걸 확인하고, 얼른 집에 들어가서 가지고 나오면 돼. 뭐하면 내가 감시할게. 만약 그 인간이 갑자기 집에 돌아오는 거 같으면 전화하면 되잖아. 그러면 됐지?"

도모키의 제안에 고스모는 잠시 고개를 숙이고 있었다. 이윽고 고개를 들고 도모키를 똑바로 응시했다.

"할게."

9

둘은 한 침대에서 잤지만, 더워서 스스로 떨어졌는지, 떠밀렸는지, 도모키가 눈을 떴을 때는 바닥에서 홑이불을 뒤집어쓰고 있었다. 카펫이 깔려 있긴 했지만 별로 두껍지 않고, 그 아래는 바로 콘크리트라서 몸이 뻐근했다.

눈곱을 떼면서 몸을 일으켜 침대 위를 봤다. 고스모는 큰대자로 누워서 배를 드러내고 칠칠하지 못하게 입을 벌리고 있었다.

이제 더는 싫다. 이 녀석과 같은 침대에서 자는 건. 오늘도 여기서 자게 되면 이불 깔고 바닥에서 자게 하자.

알람 시계를 보니 벌써 9시가 넘어 있었다. 아무리 여름 방학이라도 보통은 강제로 일어났을 시간이다. 고스모를 배려해서 넘어가줬거나, 아니면……?

　……설마.

　도모키는 무시무시한 예감에 사로잡혀 방을 뛰쳐나갔다. 거실에서 텔레비전을 보던 엄마가 깜짝 놀란 듯 돌아본다.

　집 안을 둘러본다. 텔레비전에서는 홈쇼핑 방송의 과장된 목소리가 흘러나오고, 열린 베란다 창에서는 이미 조금은 숨 막히기 시작한 여름 바람이 들어왔다.

　아무 일도 없다. 그 인간은 오지 않았다.

　"왜 그래? 무서운 얼굴을 하고."

　"무서운 얼굴 안 했어. ……아빠는?"

　"벌써 회사 가셨지. 너와 달리 여름방학이 아니니까."

　도모키는 아빠가 돌아오면 체인을 걸려고 했는데 잠이 들어버린 듯했다. 요즘 아빠는 퇴근이 늦고, 도모키는 아침이 늦다. 제대로 얼굴을 마주한 기억이 없다는 생각에 조금 불안해졌다. 이럴 때만 의지하는 건 미안하지만 만약 그 인간이 습격해 오면 여자와 아이만 있는 것보다 그나마 안심이다. 뭔가 대책을 의논하더라도 엄마보다는 의지가 될 텐데.

　더 어릴 때는 아빠가 전 세계에서 가장 큰 사람이라고 생각했다. 실제로 키는 거의 180센티미터에 육박하고, 수영을 했던 모양인지 지금도 근육질로 다부지다. 싸우는 모습은 본 적 없지만 텔레비전 영웅들과 비교해도 분명히 그 못지않게 강인하다고 생각했다.

하지만 고스모 아빠를 알게 된 뒤 그런 몽상은 날아가 버렸다. 육체적으로도 밀리겠지만 무엇보다 내면이 너무 다르다고 직감적으로 깨닫고 있었다.

만약 두 사람이 격투하게 되면……. 상상만 해도 무서워 오금이 저린다.

분명히 아빠는 살해된다. 그 인간은 아빠를 먼저 죽인 뒤 엄마를 죽이고, 그다음에 나를…….

언젠가 무심코 본 호러 영화 같은 광경이 뇌리에 떠올라서 급히 떨쳐버려야 했다.

방에 돌아가자, 고스모가 깨어나 눈을 비비고 있었다.

"……어어 ……어? ……벌써 아침이야?"

"벌써 9시 넘었어. 그 인간이 쳐들어왔으면 지금쯤 우리 둘 다 죽었어."

도모키 자신도 조금 전 일어났기에 잘난 소리 할 입장은 아니지만 하지 않을 수 없었다.

고스모는 얼굴을 찡그리면서도 몸을 일으켜 반바지 속에 손을 찔러 넣고 사타구니를 긁었다.

"아, 고추 만졌다."

도모키는 비난하듯 말했다.

"안 만졌어."

그러면서 고스모는 그 손을 이쪽으로 뻗는다. 도모키는 "악" 하고 소리 지르면서 뒤로 폴짝 뛴다. 고스모는 신음 소리를 내면서 침대에서 기어 내려와 계속 기어 온다. 영화 〈링〉의 사다코를 흉내 내는 것이다.

웃으면서 도망치려다가 방에 들어온 엄마와 부딪칠 뻔했다.

"뭐 하니. ……토스트 구울게. 야마가미도 토스트 괜찮지?"

"아, 네."

팔굽혀펴기 같은 자세로 위를 올려다보던 야마가미 고스모가 유난히 예의 바르게 대답해서 도모키는 또 웃었다.

아침 식사는 토스트와 베이컨에그, 채소샐러드, 우유였다. 도모키한테는 너무 당연한 아침상인데, 고스모는 잠깐 멍하니 쳐다보고 있었다.

"별건 없지만 양껏 먹어."

도모키 엄마 말에 고스모가 눈썹을 움찔한다. 왠지 화난 듯 보였지만 무슨 생각을 하는지는 모르겠다. 도모키는 개의치 않고 밥 먹는 데 집중했다.

"아아, 그리고 어제 입고 온 옷, 빨아서 널어뒀어. 날씨도 좋고 점심 전에는 마를 거 같은데 혹시 안 말랐으면 건조기

써. 도모키, 어떻게 쓰는지 알지?"

"알아, 알아."

도모키는 입에 토스트를 넣은 채 건성건성 대답했다. 엄마는 이제 알아서 하라는 듯 텔레비전 앞 소파에 털썩 앉아서 채널을 돌렸다.

도모키는 단숨에 절반 정도 먹었는데, 고스모는 아직 손도 안 대고 있었다.

"……야? 왜 그……."

도모키는 물으려다가 멈췄다. 고스모가 눈앞에 차려진 아침상을 가만히 보며 입을 악다문 채 눈물을 흘리고 있었다.

"야마가미……."

고스모는 도모키가 쳐다보는 걸 알아챘는지 티셔츠 소매로 눈물을 쓱쓱 닦더니 무서운 기세로 먹기 시작했다.

도모키는 할 말을 잃고 못 본 척 다시 식사를 계속했다. 한동안 이상한 씹는 소리와 오열 비슷한 신음 소리가 들렸지만 역시 안 들리는 척했다.

도모키는 솔직히 고스모가 점점 귀찮고 성가신 존재라고 여겼던 걸 조금 반성했다.

이 녀석도 엄마가 있어서 매일 아침을 차려주고 옷을 빨아줬으면 더 괜찮은 애가 되지 않았을까. 설령 엄마가 없더라도 그 인간이 조금 더 제대로 된 아빠였다면 정말 좋은 친구가 되지 않았을까.

그런 생각이 들자 왠지 가슴이 아팠다.

무슨 수를 써서라도 엄마한테 데려다주고 싶다. 안 그러면, 아빠 손에 죽지 않더라도 제대로 된 인간이 되지 못할 듯하다.

……어쩌면 그런 아빠 같은 어른으로? 불가능한 이야기 같지는 않았다.

고스모가 더 빨리 먹는 것 같아서 도모키도 허둥지둥 식사를 재개했고, 둘이 거의 동시에 다 먹었다.

"방에서 기다려."

도모키는 고스모에게 말한 뒤 좋아, 하고 속으로 기합을 넣고 자리에서 일어났다. 엄마한테 가서 그 옆에 가만히 서 있었다.

"왜?"

엄마가 고개를 든다.

고스모가 걱정스럽게 쳐다보면서 방으로 올라간다. 도모키는 그 모습을 확인하고 입을 열었다.

"……야마가미랑 여행 가고 싶은데, 가도 돼?"

"뭐? 여행? ……흠……. 둘이서? 다른 친구들도 같이? 동생은?"

엄마는 텔레비전을 힐끔거리면서 다그치듯 묻는다.

"둘이."

"흠……."

대체 얘가 무슨 생각을 하는 거지, 하고 살피는 듯한 시선에 도모키는 눈길을 피했다.

"어디로 가려고?"

"……아마 도쿄."

"도쿄? 초등학생 둘이 도쿄? ……음……. 찬성하기 어려운데. 아빠랑 의논해볼게."

"언제?"

"그야 아빠가 돌아오시면."

"그러면 너무 늦어!"

도모키는 자신도 모르게 목소리를 높였다.

"늦다니……. 어쩔 수 없잖아. 언제 가려고?"

"……가능하면, 오늘."

"오늘? 안 돼, 안 돼. 얘기할 것도 없어. 완전 그저께 오라는 거잖아."

엄마는 가끔 도모키가 이해할 수 없는 소리를 한다. '그저께 온다'♦는 게 무슨 말이지?

"……그건 그렇고 돈이 필요한데. ……얼마나 필요할

♦ 다시는 오지 말라는 뜻으로 사람을 욕하면서 내쫓을 때 하는 말.

까?"

"음, 도쿄까지지? 편도…… 신칸센이면…… 6천 엔 정도 하나? 아, 아동은 반값인가. 3천 엔?"

3천 엔. 둘이 왕복이면…… 1만 2천 엔. 비싸다. 세뱃돈 모았던 것도 많이 써서 이제 얼마 안 남았다.

"……신칸센이 아니면? 역마다 서는 거면 더 싸?"

"앗, 애들은 일반이면 되지 않을까. 그쪽이 더 재미있을 수도 있겠네. 그럼 다시 절반이 돼서 1500엔 정도?"

둘이 왕복이면 6천 엔. 왕복만이라면 어떻게든 될 듯 하다. 아빠 허락을 받을 여유는, 아마 없을 것이다. 그 인간은 틀림없이 오늘이라도 이 집을 찾아내서 올 것이다. 그 전에 어떻게든 출발하고 싶었다.

"그럼 밤에 의논해줘. 꼭."

도모키는 그렇게 다짐을 받았다. 이제 설마 오늘 집을 나 갈 거라고는 생각하지 않을 것이다.

"알았어, 알았어."

엄마는 시끄러우니까 저리 가라는 듯 손을 하늘하늘 흔 들고 다시 텔레비전에 몰두했다.

도모키는 방으로 돌아가려다가 문득 세탁물이 떠올라서 베란다에 나갔다.

고스모의 팬티와 바지, 티셔츠와 같이 때가 안 빠진 듯한 양말이 널려 있었다. 양말은 약간 눅눅했지만 배부른 소리 할 때가 아니다. 전부 걷어서 한데 모아 방으로 돌아갔다.

고스모가 어쩐지 얌전한 모습으로 침대에 앉아 있었다. 옷을 건네자 말없이 갈아입는다. 도모키도 옷장에서 대충 옷을 꺼내서 갈아입었다.

놀러 갈 때 사용하는 배낭 안에 있으면 편리할 것 같은 물건을 대충 집어넣는다. 팬티와 양말, 티셔츠를 두 장씩. 휴대전화, 잠깐 생각한 뒤 충전기도 넣는다. 휴대용 게임기와 충전기……도 갖고 가고 싶은 충동이 일었지만, 이번에는 그만두기로 했다. 컬러 사인펜이 든 작은 필통과 스프링 메모장, 그리고 여차하면 무기가 될 수도 있다는 생각에 늘 가지고 다니는 컴퍼스. 가끔 180도로 벌린 컴퍼스 한가운데를 쥐고 휘두르면서 뾰족한 바늘로 상대방 눈을 찌르는 장면을 상상한다. 그 괴물도 눈이 찔리면 분명히 겁먹을 것이다.

동전 지갑……에 들어 있던 건 852엔. 지폐는 없다. 용돈은 대부분 엄마가 관리하는 은행 계좌에 들어 있다. 여행을 허락하지 않는다면 몰래 인출할 수밖에 없다. 하지만 도모키는 카드 비밀번호도 몰랐다. 엄마는 항상 도모키가 돈을 어디다 쓰려는지 얘기해야 돈을 줬다. 그동안 도모키는 고스모를 위해 돈을 많이 썼지만, 대부분의 경우 햄버거를 세 개나 먹었다, 실내화를 도둑맞았다면서 온갖 거짓말로 엄마를 속였다. 덕분에 식욕이 엄청나다는 인상을 주게 됐고, 이젠 쉬는 날에 밥을 더 먹지 않으면 엄마가 "어디 안 좋니?" 하고 걱정할 정도다.

돈 문제는 나중으로 미루고 우선 지금은 시게오의 동향을 관찰해서 그사이 고스모가 엽서를 찾아오게 해야 한다.

일단 도움이 될 만한 물건을 배낭에 넣고 일어나자, 고스모는 이미 자기 옷으로 갈아입고 심심한 듯 우두커니 서 있었다.

"가자."

"······왜 이렇게 늦어."

고스모가 타박한다. 방을 나가기 전, 도모키는 옷걸이에 걸어둔 가장 좋아하는 데님 모자를 집어서 머리 깊숙이 썼다.

엄마한테는 잠깐 놀러 나간다고만 했다. 엄마가 무슨 말을 하지만, 곧장 현관으로 향한다.

먼저 도어 스코프로 통로에 아무도 없는 걸 확인한다. 가만히 발소리를 죽이고 엘리베이터까지 통로를 따라 걸었지만, 왠지 불안해져 계단을 선택했다. 1층에서 나갈 때는 더 신중하게 사람이 없는지 확인한 뒤 오토록 출입문을 나섰다.

그 인간이 어디선가 감시하고 있을 수 있다, 그런 생각에 현관 로비 옆에 있는 작은 창문으로 바깥을 잠시 살핀 뒤 조심스럽게 밖으로 발을 내디뎠다.

10시가 넘었고, 한여름의 태양은 벌써 이글이글 동네를 비추고 있다. 이 주변은 조용한 주택가라서 이제 걸어 다니는 사람도 별로 없다. 경찰 제복도 보이지 않았고 전신주 그늘에 숨은 수상한 사람 그림자도 없었다. 눈앞은 국도로 통하는 2차선으로 비교적 넓은 길이다. 자동차는 끊임없이 다니고 곳곳에 불법 주차 차량도 서 있지만, 고스모 아빠의 스포츠카와 비슷한 자동차는 한 대도 없었다.

"아직 우리 집, 모를까?"

"그렇겠지. 지금은 일하고 있을 시간 아닐까."

고스모 말에 도모키는 자식을 살해한 다음 날에 과연 태연하게 출근을 할 수 있을까 싶었다. 하지만 그 인간이라면 전혀 이상할 게 없다고 이내 생각을 고쳐먹었다.

도모키한테는 평상시 다니는 길을 따라서 학교 가는 것과 같다. 평소보다 천천히 걸었지만, 파출소가 점점 가까워지면서 두 사람 걸음은 더 느려졌다. 갑자기 뒤에서 그 인간이 자전거를 타고 나타나지 않는다는 보장은 없다. 방심하지 않고 주변을 둘러보면서 파출소가 있는 블록 근처에 이르렀다.

메밀국수 가게와 라멘 가게 등이 늘어선 상점 앞을 천천히 걸어서 교차점에 다가간다. 그리고 모퉁이의 편의점에서 살며시 얼굴을 내밀어 파출소 쪽으로 시선을 보낸다.

자전거는 두 대가 있었다. 나온 사람은 전혀 없다. 그렇다고 해서 시게오가 출근했고 파출소 안에 있다고 장담할 수는 없다.

잠시 도모키는 나오는 사람이 없는지 파출소를 감시했다. 고스모는 등 뒤나 다른 방향을 보게 한다.

"……누가 움직였어."

그 말이 끝나자마자 경찰이 파출소에서 나왔다.

시게오다.

둘은 당황하여 고개를 도로 집어넣었다.

예상은 했지만, 저곳에 저토록 당당하게 있다는 사실에 도모키는 거의 감탄하다시피 했다. 저 인간은 역시 사람이 아니다.

"……감시하고 있을 테니까 최대한 빨리 다녀와. 무사히 엽서를 찾으면 휴대전화로 전화 줘. 아, 그리고 뭔가 필요한 거 있으면 전부 갖고 와."

"뭔가라니?"

"……갈아입을 옷이나 무기가 될 만한 거, 아니면 돈."

"알았어."

고스모는 조금 안심한 표정으로 자기 집 쪽으로 뛰어갔다. 시게오로부터 멀어지는 것이 기쁜 것이다.

도모키는 손해 보는 역할을 맡았다고 조금 후회했다. 여기 있으면 오히려 들킬 가능성이 있다. 그러면 도망칠 수 있을까. 어제 그 인간은 샌들을 신은 데다 시체를 묻던 중이라 도망칠 수 있었다. 지금은 신발도 제대로 신고 있고 자전거도 있다. 하지만 엽서는 고스모만 찾을 수 있으니까 어쩔 수 없단 것도 알았다.

도모키는 공포를 억누르면서 모퉁이에서 다시 고개를 내밀었다.

시게오가 없다. 도로 들어간 걸까. 설마 지금 타이밍에 집으로 돌아갔을 리는 없는데…….

그런 생각을 하는데 경찰 제복이 시야 한편을 가로질렀다. 흠칫 놀라서 그쪽을 봤다. 시게오가 눈앞 횡단보도 건너편에 서서 신호를 기다리고 있었다. 다행히 지금은 옆을 보고 있지만 앞을 보면 틀림없이 들킨다.

도모키는 허둥지둥 뒷걸음질 쳐서 편의점으로 뛰어 들어갔다.

가게에 들어갈 때 울리는 벨 소리가 이처럼 요란한지 처음 알았다. 자칫 길 건너편까지 들릴 듯했다.

서둘러 유리창 쪽 잡지 코너로 가서 웅크리고 앉아 틈새로 바깥 동정을 살폈다. 심장이 다시 격렬하게 뛰고 숨이 멈춘다.

신호가 바뀌고 경찰관 다리가 다가오는 모습이 보였다. 도로를 다 건너서 조금 전까지 도모키가 있던 편의점 모퉁이를 지나간다.

설마. 편의점에 오면?

패닉 상태에 빠질 뻔했지만 시게오는 편의점 앞도 그대로 지나쳤다.

멈췄던 숨을 뱉어내고 몇 번이고 크게 심호흡했다.

위험했다.

조금 진정되어 냉정함을 되찾자, 그 인간을 감시해야 한다는 사실이 떠올랐다. 고스모네 집으로 향한 건 아니니 괜찮지 않을까. 그렇다고 놓치는 건 곤란하다. 조금 떨어진 곳에서라도 모습을 확인하지 않으면 불안했다.

불현듯 뒤를 돌아봤다. 편의점 직원이 웅크린 도모키를 수상한 듯 바라보고 있었다. 급히 자동문으로 뛰쳐나갔다.

다시 벨 소리가 요란하게 울렸지만, 시게오는 눈길 한번 주지 않고 전방 십수 미터 정도 되는 곳을 걷고 있었다.

도모키는 도망치고 싶은 마음이 굴뚝같았지만, 용기를 내서 뒤를 쫓기 시작했다.

* * *

시게오는 성실한 경찰과는 거리가 멀었지만, 관할 구역 맨션과 건물 이름이나 번지를 들으면 아아, 거기, 하고 떠올릴 정도로는 외우고 있었다.

그랑메종 사쿠라가와.

동네 중심부를 흐르는 그 강 이름은 사쿠라가와강이 아니다. 하지만 분명히 둑에 벚나무가 심어진 구간이 조금 있었다.♦ 그 강을 따라서 집에서도 꽃구경을 즐길 수 있는 근사한 맨션이 세워진 게 약 5년 전이다. 아주 고가는 아니지만 틀림없이 나름 비싼 물건이다. 시게오는 자신과는 연이 없는 부자들이 살고 있겠지, 하는 선망보다는 증오에 가까운 감정을 품고 있었다.

설마 고스모 친구가 그런 곳에 살고 있을 줄이야.

그랑메종 사쿠라가와, 501호. 세대주는 후지사와 마사키. 아내는 하루미. 아이는 외동으로 이름은 도모키다.

순회연락카드라는 게 있다. 정기적으로 지역과 경찰이 각 세대를 돌면서 세대 구성원을 기입해달라고 한다. 그중에는 적고 싶지 않다면서 비협조적인 태도를 보이는 주민도 있지만, 대부분 특별히 의문을 품지 않고 써준다.

평소대로 출근해서 동료 몰래 열쇠로 잠그는 캐비닛에 보관해둔 순회연락카드를 꺼내서 '후지사와'를 찾아봤다. 예상대로 고스모의 동급생인 후지사와 도모키 집쯤이야 바로 찾을 수 있었다.

♦ 일본어로 '벚나무'와 '벚꽃'은 '사쿠라桜'이다.

틀림없이 고스모도 거기 있을 것이다. 달리 갈 곳이 있을 리 없다.

특별히 지금 그 아이들을 어쩌겠다는 생각은 없었다. 일단 동료한테는 순찰이라고 둘러대고 그곳에 가보기로 했다. 시게오에게 아무런 출두 요청도 오지 않은 걸로 보아 아이들이 아직은 얌전히 입 다물고 있는 게 분명했다. 만일 아이들을 내버려둘 수 없게 된 경우 도모키 아빠가 집에 없는 낮이 더 낫다. 그래서 지금 한번 상황을 살펴보는 편이 좋겠다고 판단했다.

제복은 물론 하복이지만 땡볕 아래 걷고 있으면 등과 겨드랑이에 땀이 흥건하게 나서 옷이 달라붙어 기분이 나쁘다. 공기도 끈적하니 무겁고, 달궈진 아스팔트와 태양 사이에서 천천히 오븐에 구워지고 있는 기분이었다.

이 모든 게 다 고스모 탓이다. 어떻게 이 대가를 치르게 할까.

내던지거나 때리는 정도로는 이 분노가 가라앉을 것 같지 않다. 원래 학대를 의심받지 않게 조절하는 일 자체가 정말 어중간한 쾌감밖에 되지 않는다. 그러다 보니 항상 개운하지 않은 뭔가가 남아 있었다.

시게오는 자신이 사디스트라고는 생각하지 않았다.

아내와 아들의 울부짖음과 번민하는 표정을 보면 실제 기분이 후련해졌다. 그들이 괴로워하는 것을 기뻐하는 게 아니다. 나쁜 건 그들이다. 시게오는 '벌'을 주고 있을 뿐이다. 고통은 '벌'이 효과를 발휘한다는 증거다. 고통이 있기에 '반성'도 있다. 그들이 '벌'을 받고 반성한다는 걸 알면 비로소 기분이 가라앉는다. 시게오 자신은 그렇게 믿었다.

실제로 시게오는 어릴 때부터 작은 동물을 상처 입히는 것도 좋아했고, 이유 없이 남에게 폭력을 휘두르기도 했다. 그런 일들은 자기 좋을 대로 잊고 있는 것이다.

솔직히 경찰이 된 이유도 자신의 폭력성을 어느 정도는 발산할 수 있을 것 같아서였다. 유도 대전 상대에는 부족함이 없었고, 범인을 잡아서 때려눕히는 몽상도 늘 했다(실제로는 아직 저항하는 범죄자를 만난 적이 없어서 범인다운 범인을 잡은 경험은 없다). 경찰 제복으로 시민들을 위압하는 기분도 물론 괜찮고, 권총도 언젠가 사람을 향해 쏠 기회가 오지 않을까 하고 그때의 상황을 이것저것 생각한다.

시게오는 틀림없이 사디스트였다. 폭력을 사랑했다. 숨넘어가는 생물을 보는 것을 좋아했다. 아이와 여자가 고통에 몸부림치는 모습을 보기만 해도 사정할 듯한 흥분을 느꼈다.

아내가 "당신은 병이야" 하고 울면서 말한 적이 있었다. 물론 시게오는 반론하는 대신 때려서 입을 다물게 했다. 그때

아내는 어금니가 두 개 부러졌다. 시게오의 주먹도 찢어졌지만, 분노는 가라앉지 않았고 후련하지도 않았다.

그랑메종 사쿠라가와의 현관 로비에 들어서자마자 그곳 온도가 쾌적하다는 사실에 놀랐다. 냉방이 가동되고 있었던 것이다.

의자와 테이블이 놓여 있고, 물론 오토록 출입문도 있었다.

시게오는 잠깐 생각한 뒤 직접 부딪치기로 했다. 숫자 키패드로 501을 누른다. 화상 인터폰이라서 벨 소리에 응답하기 전에 화면으로 확인할지도 모른다. 시게오는 앞머리를 손으로 정돈한 뒤 제복 모자를 고쳐 쓰고서 정면으로 카메라를 응시했다.

"……누구세요?"

불안해하는 목소리다. 화면을 보고 경찰인 걸 안 것이다.

시게오는 최대한 미소를 지으면서 인터폰을 향해 말했다.

"네, 실례합니다. 요즘 수상한 사람이 있다는 신고가 많아서요, 지역 주민분들께도 여쭤보고 있습니다. 괜찮으시면 카드에 기입해주시겠습니까?"

"네, 알겠습니다……."

삐 하는 소리가 들리고 잠금이 풀렸다. 시게오는 출입문으로 들어가서 역시 근사해 보이는 엘리베이터를 타고 숫자 5를 눌렀다.

단순히 질문만 하면 인터폰으로 끝날 가능성이 있어서 '카드'라고 덧붙였다. 실제로 카드 같은 건 없다. 어차피 직접 대면할 무렵에는 기억하지 못할 것이라고 낙관적으로 생각했다.

5층에 도착하자, 정면과 우측으로 뻗은 통로를 따라서 문들이 늘어서 있었다.

문득 기억이 되살아났다. 전에도 이곳에 온 적이 있었다. 처음 완공됐을 때 순회연락카드를 들고 돌았다.

정면 통로를 따라갔다. 각 호수는 503호, 502호로 이어 졌다. 이쪽 길이 맞았다. 막다른 501호에서 다시 인터폰을 눌렀다.

기다렸다는 듯 잠금이 풀리고 문이 열렸다.

"네."

샌들을 신고 나온 여자는 분명 후지사와 하루미, 즉 도모키 엄마일 것이다. 나이는 서른일곱 살일 터인데, 동안에다 피부가 깨끗해서인지 20대로 보인다. 도모키 얼굴이 잘 기억나지 않지만, 하루미 얼굴을 보고 '아아, 그러고 보니 이런 얼굴이었어' 하고 떠올릴 정도로 생김새가 닮았다. 넓은 이마에 가느다란 외꺼풀의 눈, 볼록한 뺨으로 미인과는 거리가 멀지만, 미소에는 애교가 있었다.

청바지에 티셔츠, 화장기 없는 모습으로, 하얀 티셔츠 속으로 어렴풋이 브래지어 라인이 비쳤다.

"안녕하십니까."

시게오는 상냥하게 미소 지으면서 모자챙을 손가락으로 살짝 건드렸다.

"무슨 일…… 있었나요?"

"아뇨, 아닙니다. 아직 사건이 일어난 건 아니에요. 단지 이상한 남자가 초등학생 정도의 남자아이 몇 명에게 말을 걸었다는 정보가 들어와서요. 그 또래 아드님이 있는 댁을 방문해서 여쭤보고 있습니다."

"……네에."

하루미는 한층 불안한 듯 미간을 찌푸렸지만, 집 안을 신경 쓰는 기색은 전혀 없었다. 시게오는 아들은 안에 없다고 바로 확신했다.

"댁의 아드님…… 도모키는 지금 있습니까?"

"아뇨. 조금 전에 놀러 간다고…… 친구와 나갔어요."

"친구라면 동급생입니까? 근처 사는 아이라면, 괜찮으시면 이름을 좀 알 수 있을까요?"

"야마가미라는 아이예요. 집은 어딘지 모르지만."

"어디로 갔는지 아십니까?"

"아뇨. ……근데 뭔가 좀 이상한 소리를 했어요."

"이상한 소리요?"

하루미는 말을 하려다가 잠깐 뭔가 생각하더니 고개를 가로저었다.

"아, 아니요. 아무것도 아니에요."

"뭐라고 했습니까?"

미소도 잊고 물어보는 시게오의 말투가 심상치 않았기 때문이다. 후지사와 하루미는 말 그대로 몸을 뒤로 빼며 위축된 듯했다.

"그게…… 그러니까, 특별히 수상한 사람과 아무 상관도 없고……."

젠장. 실패다. 이상하게 여기게 되면 괜히 긁어 부스럼이다.

"죄송합니다. 무심코 꼬치꼬치 여쭤봐서. ……협조해주셔서 감사합니다."

시게오는 억지로 다시 미소를 지으면서 모자챙에 손을 가져다 대고 감사의 인사를 전했다.

"네, 네에."

발길을 돌리는 등 뒤로 문이 닫히는 소리를 들은 뒤에야 비로소 '협조해주셔서 감사'는 이상했다는 생각이 들었다. 수상한 사람에 대한 정보를 전혀 얻지 못했다.

그래, 됐어. 집도 알았고, 고스모도 같이 있을 거라는 추측도 확인했어. 어쩌면 밥도 얻어먹고 있으려나. 그렇다면 나한테는 오히려 좋은 거잖아.

시게오는 처음부터 낙관적이었다. 하지만 막상 모든 문제가 사라졌다는 생각에 발걸음도 가볍게 맨션을 나왔다.

맨션 로비를 나왔을 때 모자를 쓴 소년이 맞은편 맨션으로 사라지는 모습이 보였다. 하지만 별생각 없이 넘겼다.

10

시게오는 도모키 집으로 향하는 듯했다. 도모키의 불안
감은 뭉게뭉게 부풀어갔다.

시게오가 다른 곳은 전혀 들르지도 않고 곧장 그랑메종
사쿠라가와로 가서 공동 현관으로 들어갔을 때 도모키는 절
망으로 가슴이 무너지는 듯했다.

어떻게 이런 일이. 그 인간이 벌써 우리 집을 알아냈어!
어떡하지. 우리가 없는 걸 알면 어떻게 할까. 엄마를 위협하
거나 고문해서 어디 있는지 알아내려고 할까?

살금살금 다가가서 내부를 들여다봤을 때는 오토록 출입
문은 이미 닫혀 있고, 시게오의 모습도 사라지고 없었다.

심장이 마라톤을 뛴 다음처럼 엄청난 기세로 쿵쾅거려서

머리 혈관이 터지고 피가 뿜어져 나오는 거 아닌가 싶을 정도였다.

어떡하지. 경찰을 불러? 안 돼. 저 인간이 경찰인데.

크게 소리를 질러서 이웃에게 도와달라고 할까. 하지만 뭘 하든 저 인간한테 들킬 거야. 아니, 벌써 집을 알아냈는데 결국 시간문제인가. 지금은 엄마를 구하는 게 먼저야…….

그렇게 자문자답하면서도 시게오 뒤를 쫓을 용기는 없었다. 그 인간이 발길을 돌려 딱 마주칠 수 있다고 생각하면, 공동 현관 안쪽으로 들어갈 수도 없었다.

아무리 그 인간이 잔인하더라도 아무 상관 없는 엄마를 갑자기 습격하지는 않을 거야. 만약 그렇더라도 엄마도 어른이야. 소리를 지르거나 저항하면 분명히 이웃에 들려. 괜찮아. 분명히 괜찮아. 내가 간다고 뭘 하겠어.

이것저것 나쁜 상상만 떠오르지만, 행동으로 옮길 결심은 서지 않았다. 겁먹는 자신이 한심하고 분해서 눈물이 나왔다.

항상 읽는 만화의 주인공이라면 설령 상대가 괴물처럼 어마어마한 악당이더라도 주먹 한 방으로 쓰러뜨릴 수 있다.

약하디약한 인간이 주인공인 경우도 있다. 그런 주인공은 이기지도 못할 상대에 맞섰다가 흠씬 두들겨 맞는다. 그래도 끝까지 버티다가 마지막에는 상대가 도망치고 동급생과 여자아이들은 주인공을 굉장한 녀석이라 생각한다.

난 못 해. 그 인간이 단순히 이 근방 불량 고교생이라면 나도 엄마를 지키러 뛰어간다고. 하지만 그 인간은 그런 인간이 아니잖아. 그 인간한테 흠씬 두들겨 맞는다는 건 살해될 수 있다는 뜻이야. 가이아처럼. 자기 아들을 죽일 수 있는 인간이 남의 자식을 봐줄 리 없잖아.

난 죽고 싶지 않아. 매운맛도 보고 싶지 않고. 겁쟁이야. 싸움에 약하기만 한 게 아니라 마음도 약한 진짜 겁쟁이.

그런 생각을 하면서 꾸물거리는데 출입문 너머로 엘리베이터 문이 열린 게 눈에 들어왔다. 안에 서 있는 남자 얼굴까지는 보이지 않지만, 경찰 제복인 건 분명하다.

도모키는 허둥지둥 주변을 둘러보았다. 대각선 맞은편 맨션 안쪽이 어두컴컴해서 숨기에 안성맞춤이었다. 있는 힘껏 뛰었다. 거의 3단 멀리뛰기 같은 보폭으로 도로를 건넌 뒤 무거운 유리문을 열고 들어갔다.

곧바로 돌아서서 유리 너머로 그랑메종 사쿠라가와의 상황을 엿본다.

마침 시게오가 공동 현관을 나와서 모자챙을 만지며 도로를 둘러보던 참이었다.

괜찮다. 이쪽은 보고 있지 않다. 들키지 않았다.

숨 쉬기 힘들다. 기껏 살았는데, 이대로 숨을 못 쉬어 죽을 듯하다.

대체 시간이 얼마나 흐른 걸까.

도모키는 휴대전화를 꺼내서 시간을 확인했다. 11시 반이 채 안 됐다. 시게오가 맨션에 들어간 지 10분도 지나지 않았다. 그동안 무슨 일이 있었을 것 같지는 않지만, 엄마가 걱정되었다.

시게오 모습이 맨션 안에서는 더 이상 안 보였다. 살며시 유리문을 열고 조심스럽게 고개를 내밀었다. 빠른 걸음으로 돌아가는 경찰 모습이 보여서 다시 뜨겁게 내리쬐는 태양 아래로 발을 내디뎠다.

수십 미터 거리를 두고 뒤쫓으면서 집에 전화를 걸었다. 시게오한테는 절대 들릴 리 없다고 생각하면서도 손으로 입가를 가렸다. 벨 소리 몇 번 만에 금방 기운찬 엄마 목소리가 들렸을 때는 자신도 모르게 안도의 한숨을 내쉬었다.

"여보세요. 도모키? 무슨 일 있어?"

"……아니. 저기, 무슨 일 없었어?"

아무 일도 아닌 척하려고 했지만, 그 질문 자체가 좋지 않았다는 걸 금방 깨달았다.

"조금 전에 경찰이 왔다 갔는데……. 도모키. 뭔가 아는 거라도 있어?"

"어? 뭐? 경찰? 그게 무슨 말이야?"

있는 힘껏 시치미를 뗐지만 잘 속여 넘겼는지 자신은 없다.

"……수상한 사람이 있는 거 같대. 그래서 애들은 너무 늦게까지 어슬렁거리지 말라고."

"수상한 사람? 네네. ……그게 다야? 그럼 끊어."

그런 얘기를 했구나. 아마 대충 둘러댄 말일 것이다. 사실이라면 우리 집만 들렀다 갈 리가 없다. 일상 업무인 척하면서 나와 고스모가 있는지 확인하러 온 것이다. 만약 있었다면 어쨌을까? 권총을 휘두르면서 밀고 들어와 모두 죽인다?

모르겠다. 모르지만 위험했던 건 분명하다.

바싹 추격당하는 듯하지만, 아직 그 앞을 가고 있다. 그걸 알게 되면서 오히려 조금 자신감이 생겼다. 상대는 우리가 있는 곳을 모르지만 우리는 계속 파악하고 있다는 사실도 큰 이점이다. 저쪽에서 뒤를 돌아보면 들킨다는 위험과 이웃하고 있긴 하지만.

문득 앞으로 시선을 보내자, 파란색 제복이 안 보였다. 가슴이 덜컥하면서 그 자리에 멈췄다.

등을 보고 있는 한 안전하다고 믿었다. 하지만 시야에서 놓친 순간 갑자기 그 인간이 얼굴을 쑥 내밀지 않을까, 하는 생각이 들었다. 도모키는 주변을 둘러보았다.

물론 그 인간은 없다.

아마 꾸물거리는 사이에 먼저 가버렸을 것이다. 어차피 온 길을 되돌아갈 뿐이기에 종종걸음으로 나아간다. 건물 입구나 모퉁이가 가까워질 때마다 그 뒤에서 시게오가 모습을 드러내며 앞을 가로막는 모습을 상상하는 탓에 속도가 떨어진다.

다행히 어느 모퉁이와 건물, 자동판매기 뒤에도 시게오는 숨어 있지 않았고, 조금 전에 도모키가 숨어 있던 편의점으로 돌아왔다.

곧바로 파출소로 돌아갔으리라 생각하고 편의점 앞을 지나서 모퉁이를 돌려고 할 때였다.

무심코 시선이 편의점 안을 향했다. 바깥에서 유리 너머로 잡지가 꽂힌 선반 뒤편에서 들여다보는 모양새가 된다. 그 잡지 코너 앞에 경찰이 서 있었다.

도모키가 홀린 듯 얼굴을 들었다. 경찰도 낌새를 느꼈는지 들고 있던 잡지에서 시선을 떼고 쳐다보았다.

경찰은 도모키를 보고 미소 지었다.

아니었다. 이름은 모르지만, 아직 20대 정도의 젊은 경찰관이었다.

도망치려던 도모키는 웃음 짓는 것도 잊고 그저 고개만 까닥한 뒤 그대로 지나갔다.

잠깐 머릿속이 새하얘졌지만, 편의점 모퉁이에 멈춰 서

서 한숨 돌렸다. 마음이 진정되어 차분히 생각할 수 있었다.

그래. 다른 한 명이 이 편의점에 있다면 아마 그 인간은 지금 파출소에 있을 거야. 젊은 경찰이 그 인간과 교대해서 뭔가 사러 편의점에 온 걸 거야.

파출소를 엿보려고 건물 모퉁이에 달라붙어 있었다. 그때 갑자기 누군가 머리를 툭 쳐서 그 자리에 주저앉았다.

"으아아악!"

큰 소리를 지르며 엉덩방아를 찧었다. 올려다보자, 아까 그 경찰이 깜짝 놀란 얼굴로 손을 내민 채 얼어붙어 있다.

"……미, 미안. 놀라게 하려던 건 아니었는데……. 미안."

경찰은 몹시 당황한 모습으로 주변 사람들에게 변명하듯 연신 사과한다.

"아, 아니……. 죄송해요. 잠깐 착각해서……. 죄송해요."

도모키도 일어나서 머리를 숙인다. 여기서 시끄러워지면 그 인간도 나와볼 수 있다.

하지만 심장은 아직 겉으로 봐도 알 수 있을 정도로 쿵쾅 거리고 있다.

"무슨 일 있니?"

경찰은 실수(그의 실수가 아니지만)를 얼버무리려는지 유난히 상냥한 목소리로 걱정한다.

순간 도모키는 이 사람한테 사실을 다 털어놓으면, 그 인간을 교도소에 처넣어줄지도 모른다는 생각이 들었다.

"……친구랑 숨바꼭질하고 있어서요. 놀라게 해서 죄송해요."

5학년이나 돼서 숨바꼭질 같은 소리 하네, 멍청아. 말해놓고 바로 지적질이 나오려고 했지만, 다행히 경찰은 아무 의심도 품지 않은 듯했다.

"앗, 숨바꼭질. 아하. 방해해서 미안, 미안."

그러더니 도모키의 놀이 상대를 찾듯 주변을 둘러본 뒤 자신도 숨바꼭질에 가담한 것처럼 살금살금 파출소로 돌아갔다.

몇 분이 지나서야 간신히 진정되었다. 도모키가 더는 못 해먹겠다고 생각했을 때 휴대전화가 울렸다.

서둘러 발신 번호를 확인했다. 고스모 집 전화번호다.

"여보세요."

"……그 인간, 어딨냐?"

"……좀 일이 있었지만, 다시 파출소로 돌아갔어. 주소는 알아냈어?"

"응. 그리 갈게."

"……돈도 좀 찾았고?"

"응. 전부 꺼냈어."

고스모가 자랑스럽게 말했다. 순간 도모키는 기뻐했지

만, 바로 실망으로 바뀌었다.

"1350엔이나 있었어. 대박이지?"

"표 한 장도 못 사잖아!"

"······없는 것보단 낫잖냐."

그 말투로 볼 때 꽤 상처가 된 듯했다. 도모키는 후회
했다.

"미안. 아무튼 그걸로는 부족하니까, 다시 집에 가서 어
떻게 해볼게. 너도 좀 더 도움이 될 만한 거 찾아서 이쪽으로
와."

"······그쪽에는 별로 가고 싶지 않은데······."

남은 위험에 처하게 해놓고 자신은 최대한 그 인간 가까
이에 가고 싶지 않다는 건가.

"그러면 역에서 봐."

도모키는 생각하기도 전에 그렇게 말하고 있었다. 그리
고 깨달았다.

오늘 밤은 이제 집에 돌아가지 못한다. 그 인간을 어떻게
하기 전까지는.

조금 전에 도모키는 무심코 '숨바꼭질'이라고 말했지만,
'늑대와 토끼'라고 하면 완전히 이 상황과 똑같다는 생각에
돌연 우스워져 웃음을 터뜨렸다.

늑대와 토끼.

참가자를 늑대 팀과 토끼 팀으로 나눠서 하는 일종의 숨바꼭질이었다. 단순한 숨바꼭질과 술래잡기에 싫증 난 고학년들도 이런 놀이라면 아직 재미있게 할 수 있다.

지역과 학교에 따라서 '탐정과 도둑', '도둑과 경찰' 등 다양한 이름으로 불리는데 도모키네 학교에서는 '늑대와 토끼'라고 불렸다.

시게오는 진짜 '경찰'이었지만 도모키와 고스모는 '도둑'이 아니다. 오히려 '늑대'와 '토끼'야말로 지금 상황을 잘 상징하는 듯했다.

게임이라면 토끼는 붙잡혀도 우리 안에 갇히기만 한다. 또 동료들이 구출해줄 수도 있다. 하지만 지금은 사정이 다르다. 그 인간한테 잡히면 토끼는 곧바로 잡아먹힌다. 잡히면 바로 게임 오버. 새로 시작하지도 못한다.

'늑대와 토끼'라면 도망치는 범위는 한정된다. 학교 문으로 나가거나 울타리를 넘으면 반칙이다. 하지만 이번에는 어디로 도망치든 상관없다. 토끼가 유리하다. 잡힐 리가 없다.

도모키는 스스로 타이르듯 그렇게 되뇌면서 집을 향해 방금 왔던 길을 급하게 돌아갔다.

***

오래된 데다 절전을 이유로 온도를 높게 설정해둔 탓에

파출소 에어컨은 거의 켜나 마나였다. 시게오는 선풍기를 책상 바로 옆으로 가져와서 회전을 정지시켜놓고 땀이 난 등에 직접 쐬었다. 미지근한 바람은 전혀 몸을 식혀주지 않는다. 그러다 왠지 기분이 나빠졌다. 셔츠와 팬티 한 장만 남겨놓고 다 벗고 싶지만, 물론 허용될 리가 없다.

한여름의 파출소 근무는 지옥이다.

돌아온 지 얼마나 됐다고 벌써 또 피난 갈 궁리만 했다. 어디를 가더라도 이 제복 때문에 느긋하게 있지도 못한다. 순찰하는 척하면서 어슬렁거려도 이 열기를 피할 수는 없다.

억지라는 건 알지만 이 모든 일들이 고스모 탓이라는 생각이 들었다.

밤이 되면 그 녀석은 포기하고 집에 돌아올까? 만약 안 돌아오면 그 도모키라는 아이 집에서 또 잔다는 의미이다. 아직 도모키 엄마는 아무것도 모르는 모양이지만, 친구가 며칠이 지나도 돌아가지 않으면 뭔가 이상하다고 여길 것이다. 오늘 밤이나 적어도 내일은 결판을 내야 한다…….

"다녀왔습니다."

모토무라 순사가 여닫이 상태가 나쁜 문을 드르륵 열고 들어왔다. 들고 있는 편의점 봉투는 점심 도시락일 것이다.

"순사장님은 정말 필요 없으세요? 도시락."

"……그래."

식욕이 없었다. 소면 같은 거면 몰라도 밥이나 빵은 넘어가지 않을 듯하다.

모토무라는 신발을 벗고 안쪽 두 평 반 정도 다다미가 깔린 곳으로 가서 도시락을 먹기 시작했다. 김과 튀김 냄새가 시게오 코까지 스멀스멀 흘러온다.

이 녀석은 또 김 도시락이구나. 매일같이 김 도시락만 먹고 안 질리는지. 늘 같은 냄새만 맡는 다른 사람 생각도 좀 해봐라.

이 더위에 전혀 사라지지 않는 그 식욕에도 짜증이 났다.

모토무라가 도시락을 먹던 손을 갑자기 멈추고 말했다.

"아 참, 순사장님 아드님과 항상 같이 있던 애, 근처에 있던데요."

순간 무슨 말인지 못 알아들었다. 시게오는 후지사와 도모키 얘기라는 걸 알고 의자에서 벌떡 일어났다.

"뭐?"

"엇…… 그게, 저기 근처에서 무슨 숨바꼭질을 한다고……. 그래서 어쩌면 순사장님 아드님도 근처에 있지 않을까 싶어서요……."

후지사와 도모키가, 이 근처에……?

"언제, 어디서?"

시게오의 반응에 모토무라가 당혹스러워했다. 하지만 제

어할 수가 없었다.

"아니, 바로 좀 전에요. 편의점 앞에서⋯⋯."

대답을 들은 시게오는 뛰쳐나가려다가 멈추고 유리 너머로 대각선 맞은편의 편의점을 살폈다. 잘 안 보인다.

편의점을 주시한 채 문을 열고 밖으로 나간다. 특별히 다른 움직임은 없다. 천천히 걷다가 조금씩 속도를 높여 횡단보도에 도착했다. 적색 신호였다. 편의점을 중심으로 주변을 빙 둘러보아도, 그 아이와 고스모 모두 보이지 않았다.

그 녀석이 이런 데서 뭘 하고 있었지?

바로 눈치챘다.

그 녀석, 날 미행했어. 내가 녀석 집에 갔을 때 분명 근처에 있었던 거야. 그리고 내가 파출소로 돌아가는 걸 확인했고.

시게오는 순간 화가 치밀었다. 하지만 제법 대범한 녀석이라고 칭찬해줄 만하다.

그렇다면 녀석들은 이제 그 집에는 안 돌아갈지도 모른다. 내가 집을 안다는 사실을 깨달았으니까. 그렇다고 해도 고작 초등학생이 대체 어딜 갈까? 친척 집? 다른 친구 집을 전전한다?

때마침 여름방학이라서 녀석들한테는 아주 시기가 좋았다. 친구 집에 가서 며칠 머물러도 별로 이상하지 않다. 고스모한테 후지사와 도모키 말고 친구가 또 있는지도 모르고

(아마 거의 없겠지만), 만약 그렇게 동급생 집을 전전하면 찾아내기 어렵고, 언제 보호자나 그 친구에게 가이아 일을 털어놓을지 모른다.

언젠가 돌아올 수밖에 없을 거라 느긋하게 기다려도 되는 상황이 아닌지도 모른다.

오늘 밤이다. 얼른 처리하지 않으면 곤란해질 것 같다.

11

도모키는 집 앞까지 돌아와서야 그곳이 '돌아왔다'는 안
도감과는 관련 없는 곳이 되었다는 사실을 깨달았다.

그 인간이 발을 들이면서 더럽혀져 더는 안전한 장소가
아니기 때문이다. 그리고 아마 수일간(혹은 더?) 이 근처에 얼
씬거리면 안 될 것이기 때문이다.

도모키는 그 인간이 따라오지 않은 걸 확인하면서 건물
로 뛰어 들어갔다.

대체 엄마한테 뭐라고 말해서 돈을 받아낼지 좋은 생각
이 전혀 떠오르지 않았다. 그래도 평소처럼 인터폰을 울려서
문을 열어달라고 하기로 했다. 열쇠는 가지고 있지만 집에 사
람이 있을 때 하던 습관이다.

대답이 없다. 외출한 듯하다. 장을 보러 갔을 수도 있고, 단지 내 어딘가에 자치회 일을 보러 갔을 가능성도 있다.

주머니에서 열쇠를 꺼내 출입문을 연다. 자꾸만 좋지 않은 생각이 뭉게뭉게 피어오르는 걸 억누를 수 없었다.

만약 엄마가 지갑을 놓고 외출했다면 조용히 돈을 가져가자.

아니, 그건 도둑질이야. 아무리 부모라도 돈을 훔치면 끝이야.

만화에서 종종 나오는 천사와 악마의 갈등 같은 자문자답을 하는 꼴이 됐다.

솔직히 말하고 이해를 구하자. 그다음에 돈을 얻어내는 거야.

무리야. 이해해줄 리가 없어. 가이가 살해됐다고 해도 믿지 않거나 믿더라도 우선 경찰에 신고부터 하자고 할 게 뻔해.

아빠랑 의논해보고 정하자는 게 최악인데. 아빠가 퇴근하기 전에 틀림없이 그 인간은 이곳에 올 거고 엄마와 나는 살해될 거야.

501호 앞에 서서 문을 연다.

잠겨 있지 않다. 엄마는 벌써 돌아와 있거나 곧 돌아올 것이다.

"……다녀왔습니다……."

평소보다 조금 작은 목소리로 말하고, 살며시 신발을 벗고 들어간다. 자기 집인데 이제는 완전히 도둑 같다.

인기척이 없다. 아직 돌아오지 않았다.

지갑이 있을까. 문을 잠그지 않은 걸로 보아 분명 장을 보러 간 것은 아니다.

결심한 뒤에는 일사천리였다.

거실로 재빨리 뛰어가서 식기장 옆에 걸린 장바구니를 뒤진다. 에코백으로, 슈퍼마켓 바구니 안에 펼쳐놓고 사려는 물건을 그 안에 집어넣는 형태다. 지갑은 대개 그 안에 있다.

역시 있었다. 거의 파우치에 가까운 커다란 지갑이다. 묵직하지만 지퍼를 열고 보니 안에 든 건 대량의 포인트 카드와 쿠폰, 잔돈뿐 큰돈이라 할 정도는 아니다. 만 엔권이 두 장, 5천 엔권이 한 장, 천 엔권이 두 장. 합계 2만 7천 엔이다.

전부……는 안 되겠지. 금방 내가 훔친 걸 알아챌 테고, 장을 보기도 곤란해질 거야.

아니, 다른 사람도 아닌 엄마잖아. 어차피 금방 알게 돼. 돈은 많을수록 좋아. 전부 가져가자.

또다시 갈등을 겪는데 현관문을 여는 소리가 철컥 들렸다. 핏기가 싹 가셨다.

"어머? 도모키, 왔어?"

순간적으로 지폐를 모두 꺼내서 구깃구깃 쥐고 바지 주

머니에 쑤셔 넣었다. 지갑 지퍼를 닫은 뒤 에코백을 다시 걸어놓고 서둘러 현관으로 갔다.

거실로 들어온 엄마와 부딪칠 뻔했다.

"앗, 뭐야."

"미안, 화장실!"

왜 허둥거리는지 둘러댈 다른 이유는 생각나지 않았다. 엄마를 지나쳐서 화장실로 뛰어 들어갔다.

그러고 보니 여태 모자도 쓰고 있고, 배낭도 메고 있었다.

이상하게 생각했을까?

떨리는 손으로 주머니에서 구겨진 지폐를 꺼내 주름을 편 뒤 지갑에 넣었다.

당장이라도 화장실 밖에서 "돈이 없어졌어!" 하는 소리가 들릴 것만 같았다.

저질렀어. 난 돈을 훔쳤어.

물론 지금 돈을 돌려주고 솔직하게 모두 털어놓으면 용서받을 수 있다는 건 알았다.

하지만 돈을 훔쳤다는 사실은 없애지 못한다. 사과해도, 용서받아도, 절대 지워지지 않는다.

훔치기 전의 자신과, 훔친 다음의 자신은 다른 사람이다. 이전의 자신으로는 돌아가지 못한다.

심호흡을 하고 결심했다. 지금 되돌아가도 의미는 없다.

변기 물을 내린다. '소변' 버튼을 누르기에는 조금 오래 머무른 느낌이 들어서 '대변' 버튼을 눌러 물을 내렸다. 물소리가 멈추기를 기다렸다가 화장실 밖으로 나갔다.

엄마는 밖에서 기다리고 있지도 않았고, 거실에서 냉장고를 들여다보며 말을 건넸다.

"점심은 어떡할래? 필요 없을 줄 알았는데."

"……또 나갈 거라서 됐어."

"어, 그래? 몇 시쯤 돌아오는데?"

"음, 잘 몰라."

그쪽으로 고개를 돌릴 수 없었다. 눈물이 나오려고 했다.

엄마한테 거짓말을 한 적은 있지만, 이 정도로 배신한 건 처음이다.

도망치듯 현관으로 가서 신발을 신었다.

"7시까지는 들어와. ……늦을 거 같으면 전화하고."

엄마 목소리가 쫓아온다. 괴로웠다.

"응. 알았어."

안 돼. 여기를 나가면 돌아오지 못해. 도모키는 그런 생각이 들어서 다리가 얼어붙었다.

미련을 끊어내듯 있는 힘껏 복도로 뛰쳐나가 그대로 엘리베이터까지 달렸다.

맨션을 나와서 약속한 역으로 향한다.

집에서 가장 가까운 역은 정거장마다 멈추는 작은 역이다. 그래서 역 앞 가게들도 별것 없다. 편의점과 도넛 가게, 자전거 보관소와 택시 타는 곳, 그리고 언제나 손님이 있는지 없는지도 모르는 오래된 찻집만 있을 뿐이다.

여름방학인 데다 낮이라서 사람도 많지 않다. 태양을 피할 수 있는 그늘은 매표소 앞 정도밖에 없었다.

고스모는 무뚝뚝한 표정으로 그 그늘에 서서 뙤약볕 아래를 뛰어와 땀투성이가 된 도모키를 보며 말했다.

"왜 이렇게 늦어."

"……미안."

"돈, 받았어?"

"아…… 응. 됐어. 이 정도면 어떻게든 될 거 같아."

도모키는 차마 훔쳤다고는 말할 수 없었다. 그러면 고스모를 공범으로 만드는 것 같았다.

"그래서, 엄마 주소는? 도쿄라고 했지?"

"엇…… 지금 간다고? 도쿄를?"

고스모가 놀란다. 이 모든 게 고스모를 위한 건데 본인은 위기감이 없다는 사실에 도모키는 조금 짜증이 났다.

"아까, 그 인간이 우리 집에 왔었어. 파출소에서 나오더니 곧장 우리 맨션에 들어가더라고."

"거짓말."

"정말이야."

"그러면 어디로 가라고!"

그건 내가 하고 싶은 말이야, 하고 도모키는 생각했지만, 입 밖으로 내지는 않았다.

"그러니까 네 엄마한테 가는 수밖에 없다고. 그 인간도 직장이 있는데 설마 쫓아오겠어?"

"근데⋯⋯ 근데 엄마를 못 찾으면 어떡해? 도쿄에서 돈이 떨어지면?"

"찾아야지. 무슨 일이 있어도 찾아야지! 뭐 하러 일부러 엽서를 가지러 갔는데?"

이렇게 근성 없는 녀석인 줄은 몰랐다. 덩치만 크고 필요할 땐 아무 도움도 안 된다.

"⋯⋯아무튼 그 엽서, 줘봐."

도모키가 화를 참으면서 말했다. 고스모는 어깨에 멘 배낭을 내려놓고 주머니를 뒤적인다. 배낭은 예전에 도모키가 쓰던 것이다. 아직 깨끗할 때 부모님에게 "낡았다"고 거짓말하고 고스모에게 줬었다. 당시에는 아직 깨끗했는데 순식간에 더러워졌다.

고스모는 조금 흰 엽서를 꺼내서 소중하게 편 다음 도모키에게 내밀었다.

소중히 어딘가에 보관해둔 듯했다. 여러 해가 지났는데 변색도 거의 안 됐다. 귀여운 강아지 사진엽서로, 수신인에는 고스모와 가이아 이름이 나란히 적혀 있고, 도쿄 주소와 '야마가미 마스미'라는 이름이 있었다. 문장은 겨우 몇 줄로, '엄마는 잘 있단다. 아빠 말씀 잘 듣고, 강한 사람이 되려무나'라고만 쓰여 있었다.

주소만 보려고 했는데 그 문장이 눈에 들어왔다. 도모키는 심장을 꽉 옥죄는 듯해서 눈을 뗄 수 없었다.

엄마가 집을 나가고 그 집에 아빠와 동생, 고스모, 그렇게 셋이 남겨진 뒤 이런 엽서가 날아오면…… 도대체 어떤 기분이 들었을까.

"이리 줘."

고스모가 부끄러운 듯 엽서를 잡아당겼다. 도모키는 허둥지둥 본래의 목적을 떠올렸다.

"잠깐만."

급히 발신인 주소를 확인했다. 도쿄도 신주쿠구 오쿠보, 라고 적혀 있었다. 신주쿠라면 들어본 적 있다. 유명한 곳일 테니 여하튼 도쿄까지 가서 가는 방법을 물으면 될 듯하다. 여차하면 파출소 경찰―고스모 아빠 같은 사람은 흔치 않을 것이다―에게 물으면 안내해줄지도 모른다. 전화번호가 있으면 더 좋았겠지만, 가족을 버린 엄마가 그런 걸 적을 리 없다. 주소가 있는 것만으로도 다행이었다.

도모키가 손가락 힘을 뺐다. 고스모가 엽서를 뺏어서 다시 소중하게 배낭 주머니에 넣었다.

"신주쿠야. 뉴스에서 자주 봤어. 아마 도쿄까지 가면 될 거 같아."

도모키는 신문, 뉴스와 인연이 없어 보이는 고스모보다는 틀림없이 자기가 더 잘 알 거라고 생각했다.

"……근데, 돈이 들잖아."

"어쩌겠어. 어느 정도는 구했어……. 받았으니까. 아무튼 도쿄로 가자. 두 명 표는 살 수 있을 거야."

아직 그 인간은 근무 중이라 쫓아오지 않겠지만, 차단해 주는 것도 거의 없는 이곳에 언제까지나 가만히 있고 싶지 않았다.

역 발권기 앞에 서서 잠시 기계를 노려봤다. 아무래도 도쿄까지 가는 표는 못 사는 듯했다. 하는 수 없이 개찰구 옆 창구에서 물어보기로 했다. 얼굴이 카운터 위로 알맞게 올라갈 정도 높이로, 역무원 모습은 보이지 않는다.

"저기요. ……저기요!"

도모키가 목청껏 외치자, 안에서 머리가 약간 센 역무원 아저씨가 나타나 앉는다.

"저…… 도쿄까지 가고 싶은데요."

"도쿄. 도쿄 어디까지?"

"……신주쿠요."

"신주쿠. ……초등학생? 혼자?"

"……초등학생 둘이요. 여름방학이라서."

괜히 쓸데없는 소리까지 한다.

"특급권◆은?"

"필요 없어요. 승차권만 있으면 돼요."

역마다 정차하면 몇 시간이 걸리는지 알아보지 않았지만, 특급권이나 급행권은 어른과 같은 요금이라 도저히 살 수 없다.

"혼자면 1인당 1890엔. 둘이면 3780엔이네."

생각보다 조금 비쌌지만 하는 수 없다. 지갑을 꺼내서 5천 엔짜리 지폐로 지불하고 티켓을 받았다. 이제 남은 돈은 2만 3천 엔하고도 조금 더 있었다. 원래 가지고 있던 잔돈과 고스모 돈까지 합치면 2만 5천 엔쯤 될까. 돌아올 때도 똑같이 필요하니까 도쿄에서 쓸 수 있는 돈은 2만 엔뿐이다.

엄마한테는 미안하지만, 큰맘 먹고 전부 훔쳐 가지고 나오길 잘했다. 어딘가에 묵어야 하고, 배도 채워야 한다. 얼마가 됐든 충분하다고 하기는 어렵다.

◆ 신칸센이나 특급열차를 타기 위해 필요한 티켓.

나중에 물론 사과할 생각이다. 이 일이 무사히 정리되면 용돈에서든, 심부름을 해서든 간에 갚을 생각이었다.

플랫폼에서 15분쯤 기다려서 역마다 정차하는 전철에 올라탄다.

둘 다 전철을 타는 건 오랜만이었고, 또 아이들끼리 타는 건 처음이라서 문이 닫히고 열차가 움직이기 시작하자 어쩐지 즐거워졌다. 승객도 드문드문 있는 차량을 이리저리 이동하면서 양측 창밖 풍경을 구경하거나 손잡이에 매달리는 등 정말 여름방학에 여행을 떠나는 초등학생 분위기였다.

20여 분을 그러는 동안 큰 환승역에 도착했다. 어떻게 할지 몰라서 도모키가 역무원에게 물어봤더니 곧 출발하는 쾌속열차로 갈아타라는 대답이 돌아왔다. 둘은 전속력으로 과선교를 올라갔다가 내려와 간발의 차로 올라탔다. 도모키는 숨이 차서 헉헉거리는데 고스모는 끈질기게 하이파이브를 요구했다. 하는 수 없이 도모키가 받아주자 비로소 고스모는 만족스러운 미소를 지었다.

문 너머로 지나가는 낯선 거리 풍경을 보는 동안 도모키는 기대감보다 불안감이 점점 커져만 갔다.

우리는 아주 멍청한 짓을 하고 있는 게 아닐까.

고스모 엄마를 찾기는커녕 도쿄에 제대로 도착할 수나

있을까. 도착해서 고스모 엄마를 찾은 다음 돌아와야 한다니 얼마나 무모한 짓인가. 보조 바퀴를 막 뗀 녀석이 자전거로 일본 일주를 한다고 말하는 것과 뭐가 다를까.

고스모는 그런 도모키의 불안을 알아챈 듯 등에 멘 배낭을 탁 치며 말했다.

"걱정 마. 타고 있으면 도착하겠지."

도모키는 의아해하며 고스모를 바라보았다.

이상한 녀석이네. 언제부터 남의 기분을 신경 썼다고.

"그래. 앉자."

비어 있는 4인용 좌석을 발견하고 둘은 마주 보며 앉았다.

***

시게오는 5시까지 참고 근무한 다음 서둘러 집으로 갔다..다른 할 일은 제쳐놓고, 일단 샤워부터 하고 싶었다.

현관에서 곧장 욕실로 향했다. 샤워로 땀을 씻어낸 뒤 팬티 차림으로 방에 들어갔다가 눈이 휘둥그레졌다.

방 안이 온통 엉망으로 어질러져 있었다. 옷장 서랍과 책상부터 시작해 파일 캐비닛, 뭘 넣어뒀는지도 잊고 있던 골판지 상자까지 홀라당 뒤집어져 마치 도둑이 든 것 같은 꼴이었다.

이 녀석, 돌아왔었구나.

분노로 시야가 붉게 물들었다.

어제 일은 어쩔 수 없다. 그리 쉽게 용서할 생각은 없지만 분명 불가항력이었을 것이다. 도망친 것도 공포심 때문이었으니까 '배신'은 아니다.

하지만 이건 명백한 배신이다. 아빠가 일하는 동안 방을 뒤져 돈을 찾았다. 이건 '공포심'도 '경외심'도 흐릿해졌다는 증거다. 그런 짓을 하면 어떻게 되는지, 한 번 더 흠씬 두들겨 패서 주입시켜야 한다.

다만 현금은 비상시에 쓰도록 테이블 위 과자 통에 놔둔 게 전부이다. 다른 곳에 숨겨둔 통장과 도장은 찾아내더라도 고스모가 인출하지는 못한다. 다른 현금과 카드는 평상시 들고 다니는 지갑에만 넣어두는 습관이 있었다. 아니나 다를까, 과자 통 속 잔돈만 없어졌다. 고작 천 엔이나 2천 엔 정도였을 터다. 가출할 의도라면 며칠을 못 버틴다.

그때 파출소 근처에 있었다는 후지사와 도모키가 떠올랐다.

개별 행동을 한 게 이상했다. 혹시 내가 갑자기 집에 가는 낌새가 보이면 연락할 수 있게 휴대전화를 가진 후지사와 도모키가 나를 감시한 것이다. 맨션 앞에서 내가 나오는 걸 우연히 본 줄 알았는데 그게 아니었다. 내가 파출소에 있을 때부터 감시했을 가능성이 높다. 고스모는 내가 돌아오지 않으리란 확신 없이는 이런 짓을 하지 못할 것이다.

누구 생각일까. 고스모는 아니다. 그 녀석일 리가 없다. 그 녀석은 그런 머리가 없다.

시게오는 도모키의 창백하고 가냘픈 얼굴을 떠올렸다.

그 녀석인가. 고스모보다는 머리가 좀 더 좋아 보였지만, 설마 진심으로 나를 따돌릴 수 있으리라 생각한 건 아닐 것이다.

비틀거리며 나는 가을 모기를 때려잡으려다가 의외로 빨라서 놓쳤던 기억이 떠오른다.

아까는 좀 봐줬지만 이제는 안 봐준다, 하는 초조하면서도 약간은 즐거움과도 비슷한 기분이 든다.

아무튼지 간에 분명한 건 그 애들은 아직 경찰한테 달려갈 마음이 없다는 사실이다. 공갈이 충분히 효과를 발휘했다.

그렇다면 아직 시간은 있다는 얘기다.

시게오는 옷장 안에서 최대한 깨끗하고 말쑥한 슬랙스를 골라 입고, 폴로셔츠를 맞춰 입었다. 거울을 보니 조금 젊어졌다는 생각이 들 정도로 놀랄 만큼 깔끔한 인상의 남자가 눈앞에 서 있었다.

이 정도면 충분하다.

저녁 7시가 넘어 시게오는 한 맨션 앞에 노상 주차를 했다. 아까 집에서 확인한 주소다.

여기도 역시 도모키 집과 마찬가지로 오토록 출입문이 있다. 형식적이지만 방범 카메라도 달려 있다.

여름방학도 되었으니, 어딘가 갔을 가능성도 높았다. 다행히 여자는 집에 있었다.

"누구세요?"

"실례합니다. 저는 야마가미 고스모의 아빠, 야마가미 시게오라고 합니다만……."

"네에……."

"고스모와 동생 가이아가 없어져서요. 갈 만한 데는 다 찾아봤는데, 못 찾았습니다."

"엇……."

"고스모가 갈 만한 친구 집 좀 알려주셨으면 합니다."

잠깐 틈이 있었지만, 잠금장치를 해제하는 소리가 들려서 안심했다.

"들어오세요."

고스모 담임선생님, 오시마 안나의 주소와 전화번호는 반 명부에 적혀 있었다. 주소 표기로 보아 아무래도 독신자용 맨션 같다고 짐작했는데, 예상이 맞았다. 아담한 4층 건물의

세련된 베이지색 여성 전용 맨션. 그 403호가 안나 집이었다.

시게오가 호수를 확인하면서 복도를 걸어가는데 안나가 문을 열고 서 있었다. 시게오는 일부러 지친 듯하면서도 초조한 발걸음으로 뛰어갔다.

오시마 안나는 혼자 편하게 쉬고 있던 모양이다. 노출이 많은 옷차림이었다. 타월 같은 천으로 된 핫팬츠에 노란색 탱크톱. 노브라다. 긴 머리는 뒤로 대충 묶었다.

가정방문—규정이 아니라, 고스모를 학대한다는 의심을 받아서였지만—때 이미 만난 적이 있다. 이전 담임은 학대가 아니라 단순히 유도 연습이었다는 설명을 전혀 믿지 않았다. 하지만 안나는 믿는 듯했다.

"선생님, 심려 끼쳐 죄송합니다."

"아니에요. 고스모가…… 가이아도? 없어진 게 언제죠?"

"……어제입니다."

거짓말은 가능한 한 적게 하는 편이 좋다고 판단하고 사실대로 대답했다.

걱정스럽게 올려다보는 안나의 탱크톱 안으로 가슴골이 보인다.

어어어. 유혹하나? 처음 봤을 때도 느꼈지만 여전히 괜찮은 여자다. 얼굴도 예쁘고 몸매도 좋다. 마지막으로 한 게 언제였나? 기억이 안 난다. 아내 마스미가 사라진 후 유흥업소에도 몇 번 갔고, 다른 상대도 있었다. 하지만 어디에도 이렇게 괜찮은 여자는 없었다.

"어제요? 어제부터 꼬박 하루, 둘 다 안 돌아왔다고요?"

"네. 전 출근도 해야 해서, 애들은 둘 다 꽤 자유롭게 놔두고 있어서 금방 돌아오겠거니 하고 느긋하게 있었는데……. 이제야 당황해서."

"신고는요?"

"일단 친구 집에 있는 게 아닌가 싶어서요. 찾아갈 만한 친구가 있으면 알려주시겠습니까? 전화번호를 알려주실 수 없으면, 선생님이 대신 물어봐주셔도 좋습니다."

"……고스모와 친한 아이는 한 명이에요. 후지사와 도모키라고……."

물론 아는 녀석이다. 하지만 시치미를 떼기로 했다.

"그 댁에 가 있는 건 아닌지 여쭤봐주시겠습니까?"

조금 고민하는 듯했다. 물어볼지 말지를 고민하는 게 아니라, 시게오를 문밖에서 기다리게 할지 말지를 고민하는 것이다.

"……그러면 잠시 여기서 기다려주세요."

결국 모호하게 현관 근처를 가리키더니, 문을 닫지 않고 들어갔다. 시게오는 자연스럽게 현관으로 들어가서 팔을 뒤로 돌려 문을 닫은 뒤 조용히 기다렸다.

"……네…… 그래요……. 아니, 오히려……."

전화로 나직하게 말하는 목소리가 들린다.

맨션은 원룸이 아니라 방 두 개에 부엌, 식당이 딸린 구조다. 아직 젊은 독신 교사한테는 좀 사치스러운 느낌이었다.

"알겠습니다……. 감사합니다. 또 새로운 소식 있으면 연락드릴게요."

안나가 수화기를 들고 애기하면서 현관으로 돌아왔다.

"……고스모는 어제 분명히 도모키 집에서 잤다고 하네요."

"그렇습니까! 그렇다면 안심입니다."

과장되게 안도한다.

"……근데 그게…… 거기서도 나간 게 아닌가, 하고."

"무슨 뜻이죠?"

"저녁 시간인데 돌아오지 않아서 휴대전화에 전화를 걸어도 '걱정 마세요'라고만 하고, 안 받는다네요. 게다가…… 집에 놔둔 돈이 없어졌다고."

그 녀석도 집에서 돈을 훔쳐 갔구나. 그 결심은 높이 사지만 처벌이 필요할 듯하다.

"그러니까, 그게…… 어떻게 된 겁니까?"

"어머님은 고스모와 둘이 가출을 한 게 아닌가 걱정하고 계세요."

좋은 정보다. 도모키 엄마는 아무것도 모르고 의심도 하지 않는다.

"또 갈 만한 데는?"

"……고스모는 안타깝게도 도모키 말고는 잘 안 맞는 거 같아서……. 그래서 다른 친구 집은 갈 만한 데가 없을 거 같아요."

안나가 미안해하며 말한다.

"도모키는 어떻습니까? 고스모와는 친하지 않아도 도모키와 친한 친구가 있으면 둘이 같이 갈 가능성이 있지 않을까요?"

"그렇……죠. 다른 집도 몇 곳 확인해볼게요."

안나는 다시 안쪽 방으로 돌아가서 명부를 확인하는 듯했다.

씨발. 저 엉덩이.

시게오는 딱딱해지는 사타구니가 드러나지 않도록 슬랙스 위에서 만져서 위치를 바꾸었다.

안나가 전화를 마칠 때까지 거의 20여 분이 걸렸다. 시게오는 현관에서 움직이지 않고 얌전히 기다렸다.

어두운 얼굴로 돌아오는 안나를 보고, 성과가 없다는 걸 바로 알 수 있었다.

"죄송해요. 일단 남자아이들한테는 다 물어봤는데, 고스모와 도모키 모두 안 왔고, 어디 있는지도 모른다고 하네요."

"그렇습니까. 실례가 많았습니다. 그래도 사고나 유괴가 아닌 건 알았으니까, 신고는 보류하도록 하죠. 한창 모험하고 싶은 나이니까요."

"네⋯⋯ 그런⋯⋯가요."

"그렇죠. ⋯⋯그럼 가보겠습니다."

"저, 좀 신경 쓰이는 게 있는데요⋯⋯."

"뭐죠?"

"도모키 집에서 잔 건 고스모 혼자인 거 같아요. 가이아는 어떻게 된 걸까요?"

시게오는 순간 멍하니 입을 벌렸다.

"가이아⋯⋯ 말입니까? 가이아는 집에 있습니다만. 어라. 제가 가이아도 없어졌다고 했었나요?"

"네, 네에."

"죄송합니다. 제정신이 아니라서. 가이아는 혼자 집을 보고 있습니다."

시게오는 안나의 커다란 눈동자를 들여다보면서 반복했다.

"집을 보고 있습니다."

12

"배고파. 도시락 같은 거 안 파나."

고스모가 발돋움하고 차량 앞뒤를 돌아보며 말한다.

"……신칸센도 아닌데, 그런 걸 팔겠어?"

도모키는 그렇게 대답했지만 오랜만에 하는 장거리 여행에 이동식 매점 카트가 오면 좋겠다는 마음은 똑같았다.

벌써 시간은 2시가 다 되었다. 아까 집에서 점심이라도 먹고 올걸, 하고 후회하던 참이었다. 창밖으로 한쪽은 바다, 다른 한쪽은 산만 계속 이어진다. 별로 바뀌지도 않아서 보는 데 싫증이 났다. 고스모가 약삭빠르게 진행 방향으로 자리를 잡은 탓에 반대 방향으로 앉은 도모키는 어쩐지 기분이 안 좋아지는 듯도 했다. 그렇다고 고스모 옆자리에 앉고 싶지도 않고, 통로 쪽으로도 가고 싶지 않았다.

도모키도 도시락은 무리여도 주스 정도는 있기를 바라면서 차량을 둘러보았다.

차량에는 승객들이 절반쯤 들어차 있었다. 이제 막 여름 방학이 되어서 그런지, 초등학생 이하로 보이는 아이도 몇 있었다. 물론 다들 부모님이나 할머니, 할아버지 같은 사람들과 같이 있었고, 휴대용 게임을 하거나 과자를 먹으면서 즐거워 보였다.

나도 일주일 정도 후면 저렇게 할머니 집에 갔을 텐데.

할머니 집은 별로 기대되지 않았지만, 이제는 이루어질 일도 없는 듯해서 왠지 몹시 부러웠다.

아니지. 우리는 틀림없이 야마가미 고스모 엄마를 찾아낼 거고, 그 괴물을 처리해달라고 할 거야. 그러고는 집으로 돌아가면 다 제자리로 돌아가는 거야.

"아아, 배고파. 도쿄 도착하면 배 터지게 먹자."

"……돈 그렇게 많지 않아. 만약 거기서 돈이 떨어지면 우리 길거리에서 죽어."

도대체 이게 누구 돈이라고 생각하는 건지. 너 때문에 난 도둑이 됐다고, 하고 소리 지르고 싶은 걸 꾹 참았다.

"알아. 사치 부리자는 게 아니야. 하지만 밥은 제대로 먹어야지. 아빠가 배고프면 싸움도 못 한다고 항상 말했어."

고스모는 아차 했는지 입을 다물고 고개를 돌린다.

도모키는 뭐라고 대꾸하려고 했지만 딱히 할 말이 없었다.

그래. 나한테는 그저 괴물이지만, 그 인간은 야마가미 고스모 아빠잖아. 태어나서 내내 같이 살았어. 영향도 많이 받았을 거야. 어쩌면— 상상하기 어렵지만—조금은 아빠다운 순간도 있었을지 몰라. 그래도 그건 아직 고스모네 엄마가 집에 계셨을 때 얘기일 거고. 지난 수년간, 틀림없이 그 인간은 아빠다움, 인간다움 같은 건 잃어버렸을 거야. 아니라면 아무리 화가 치민다 해도 어떻게 자식을 죽일 수가 있겠어.

좀비 만화를 읽은 적이 있다. 좀비는 되살아난 시체인데, 만약 그 시체에 물리면 좀비가 된다. 좀비를 믿지는 않았지만, 밤에 잠을 못 잘 정도로 무서웠다. 가장 무서운 건, 주인공과 친한 사람, 즉 가족이나 친구가 좀비가 되어 습격해 오는 거다. 좀비를 죽이지 않으면 주인공도 좀비가 된다. 그래서 조금 전까지 동료였지만 이제는 좀비가 된 녀석을 죽여야만 한다. 무섭고, 괴롭고, 슬프다.

도모키는 고스모가 그 좀비 만화의 주인공과 같을지 모른다는 생각에 가슴이 죄어왔다.

창밖의 눈부신 바다를 보던 고스모가 이쪽으로 시선을 돌리고는 말했다.

"나, 소고기덮밥 곱빼기……. 아니, 특곱빼기가 좋아. ……안 돼?"

이 자식, 계속 뭘 먹을지만 생각하고 있었던 거야? 아니면……?

도모키는 그동안 고스모를 잘 안다고 생각했지만, 점점 자신감이 떨어지고 있었다.

"곱빼기든 특곱빼기든 다 괜찮아. 뭐하면 된장국, 채소절임도 먹으면 좋지."

"정말? ……채소절임은 필요 없지만. 채소절임은 냄새, 안 좋지 않냐?"

둘 다 말없이 흔들리던 사이에 졸려서 잠든 듯했다.

도모키는 갑자기 눈이 떠져서 창밖을 내다봤다. 저녁놀이 비치는 빌딩가였다. 전철은 속도를 늦추고, 건물과 건물 사이의 허공을 빠져나간다.

물론 도모키는 도쿄가 처음이 아니었다. 디즈니랜드에도 갔고, 친척 집에 놀러 간 적도 있다. 하지만 도쿄라는 도시의 크기, 그중 '신주쿠'나 '시부야' 같은 위치 관계는 잘 몰랐다.

일어나서 문 위쪽에 있는 열차 노선도를 응시한다.

문어처럼 생겼다. 야마노테선의 둥근 게 머리라고 할지 몸통이고, 동서로 다리가 여럿 뻗어 있다. 아무래도 그 몸통이 눈길을 끈다. 유명한 지명도 보이는 듯했다. 디즈니랜드는 훨씬 오른쪽, 즉 동쪽이지만, 거기가 도쿄도가 아닌 건 알았다.

도쿄역과 신주쿠역을 잇는 선이 야마노테선을 멋지게 가로지르고 있다. 이것이 주오선이다. 이걸로 갈아타면 신주쿠에 간다. 그리고 거기서 경찰…… 아니, 경찰이 아니어도 된다. 역무원이든 택시 기사든 주소를 보여주면 아마 어딘지 금방 알 것이다.

정말 와버렸다. 이렇게 멀리까지, 단둘이.

"도쿄, 도쿄, 종점입니다."

끝이 없어 보이는 홈으로 열차는 미끄러져 간다. 안내 방송을 듣고 좌석에 쓰러져 잠든 고스모를 허둥지둥 깨웠다.

"야, 일어나. 도쿄야."

문이 열리자 둘은 앞다투어 뛰어내렸다. 하지만 이제 어떻게 해야 할까. 사람들이 너무 많아서 안내 표시 따위를 차분히 볼 여유도 없다. 우선 계단을 내려가는 수밖에 없었다. 하지만 계단도 한두 군데가 아니다. 어느 계단으로 내려가야 할지도 모르겠다.

"어디로 가냐?"

그저 남에게 의지만 하는 고스모가 물어보는데 짜증이 난다.

153

"지금 찾고 있잖아."

도모키는 많은 한자 속에서 주오선이라는 글자를 찾아 냈다. 갈아타는 곳은 이쪽이라는 의미일 것이다.

"이쪽이야!"

사람들에게 부딪쳐 튕겨 나가듯이 에스컬레이터로 향했다. 이유는 잘 모르지만, 사람들이 모두 한쪽으로 서서 가고 있었다. 우측은 텅 비었는데. 그쪽도 이용하면 줄이 반으로 줄어들 듯했다.

도모키와 고스모가 우측에 서 있는데, 뒤에서 샐러리맨 같은 남자가 고함을 지른다.

"서지 마!"

둘은 흠칫 놀라고 너무 무서워서 에스컬레이터를 뛰어 내려갔다.

"얏! 뛰지 마!"

또 다른 누군가가 소리를 지른 듯했지만, 거기까지 신경 쓸 여유는 없었다.

저기서 남자와 부딪치고, 여기서 여자가 끄는 여행 가방에 걸려 넘어질 뻔한다. 간신히 '주오선'이라고 적힌 홈으로 이어지는 계단을 발견했다. 제일 끝이다.

"야, 뭔가 먹자. 가게 많잖아. 신주쿠까지 얼마나 걸리는 지도 모르는데."

고스모가 조른다. 맞는 말이었다. 그런데 너무 많은 사람이 오가는 이곳에선 도저히 안정이 안 된다. 도모키는 한시라도 빨리 목적지에 도착해서 개찰구를 나가고 싶었다.

"아마 10분 정도면 갈 거야. 참아."

주오선 홈으로 올라가는 에스컬레이터는 여전히 우측이 비어 있었지만, 둘은 얌전히 줄을 선다.

때마침 홈에 정차해 있던 전철에 올라타자 금방 출발했다. 10분은 아니지만 대략 15분 만에 신주쿠역에 도착했다.

그런데 이 역도 너무 거대해서 뭐가 뭔지 잘 모르겠다. 출구도 많아서 어디로 나가야 할지 모르겠다. 일단 개찰구를 빠져나가면 되돌아올 수 없다. 티켓만 가지고 있으면 이대로 집에 돌아갈 수도 있을 거 같아서 자동 개찰구 앞에서 우뚝 멈춰버렸다.

"생각한다고 뭐가 달라지냐. 일단 밥부터 먹자."

고스모가 후다닥 자동 개찰구에 티켓을 넣고 나가버렸다. 도모키도 하는 수 없이 쫓아 나갔다.

개찰구 닫히는 소리가 몹시 크게 들렸다.

개찰구 밖은 지하상가였다. 먹을 것도 많아 보였지만, 하늘이 보이지 않는 곳에 있으려니 숨이 막혔다.

"일단 올라가자."

도모키는 고스모가 반론할 새도 없이 높은 계단을 발견하고 한 계단씩 건너뛰며 올라갔다.

후끈하고 답답한 열기와 하수구 냄새 같은 게 덮쳐서 입과 코를 막는다. 주변은 온통 빌딩이라 하늘이 좁다.

여기만 오면 다 해결될 줄 알았는데, 막상 마주한 거리 풍경에 남아 있던 희망마저 쪼그라드는 느낌이었다.

이런 곳에 구원이 있을까. 정말 이런 곳에 고스모 엄마가 살고 있을까.

그런 도모키의 심경과 달리 고스모는 이리저리 신기한 듯 주변을 둘러보더니 뭔가를 발견한 듯 하늘하늘 걸어갔다.

"야, 어디 가?"

도모키의 물음에 고스모가 말없이 가리킨 곳에는 게임센터와 음식점이 늘어선 거리가 있었다. 낯익은 소고기덮밥집 간판이 힐끗 보였다.

"알았어. 특곱빼기지? 네네."

그리고 고스모 뒤를 쫓아가는데 도모키 배에서 요란한 소리가 났다. 고스모가 예민하게 알아채고 멈춰 서서 돌아본다.

"네 배에서 나는 소리냐?"

"아냐."

"뻥치지 마! 방금 꼬르륵했잖아."

"아니라니까."

도모키가 잡아뗀다. 고스모가 팔을 뻗어서 도모키 목을 죈다. 도모키는 바둥거리면서 웃음을 터뜨렸다.

***

시게오는 도모키 집에 다시 가서 그 엄마를 추궁하고, 가능하면 아이 방을 뒤져서 단서를 찾고 싶었다. 하지만 점심때 얼굴을 보여줬기 때문에 주저했다. 한낱 제복 경찰의 얼굴을 누가 기억하겠냐 싶으면서도 한나절밖에 시간이 흐르지 않은 지금, 위험을 자초하고 싶지는 않았다.

하는 수 없이 전화만 하기로 했다.

"여보세요……. 전 야마가미 고스모의 아빠 되는 사람입니다만……."

최대한 평상시와는 다른, 아이의 행방을 걱정하는 아빠다운 딱한 목소리를 내려고 애쓴다.

"아아…… 안녕하세요. 우리 애가 늘 폐를 끼치는 건 아닌지……. 정말 뭐라고 해야 할지……."

'늘 폐' 같은 소리 하고 있네, 하고 시게오는 속으로 욕설을 퍼부었다. 분명히 고스모 같은 녀석이 친구라서 속으로 민폐라고 생각하고 있을 것이다.

157

"애들 담임선생님께 들었는데, 아무래도 우리 고스모가 댁의 아드님인 도모키와 같이 있는 게 아닌가 싶어서요……."

"네, 네. 아버님은 아시는 줄 알았습니다. 애들이 연락 안 해도 된다고 해서, 그 말만 믿고……. 정말 죄송합니다. 제가 생각이 짧았습니다."

방임주의의 바보 부모인가. 틀림없이 '아이는 자유롭게 자랐으면 좋겠습니다'라고 하는 유형이다. 초등학생 아이를 자유롭게 놔두면 무슨 짓을 할지 모른다. 녀석들은 동물과 똑같아서 몸으로 기억하게 해야 한다.

시게오는 속으로 독설을 내뱉었지만, 말투에 드러나지 않게 조심했다.

"아닙니다. 무사하면 됐습니다. 무사하면. ……그런데 어디로 갔는지, 혹시 아시는 게 있지 않을까 싶어서요."

"아뇨, 전혀요. 휴대전화로 전화해도 받지도 않고."

끝까지 부모한테 얘기할 생각은 없는 모양이다. 바람직한 경향이다.

"친구나 친척, 재워줄 만한 곳이라든지……."

"네에, 네에. 그럴 만한 곳은 다 연락해봤습니다. 그런데 오지도 않았고, 전화 한 통 없었다고 하네요."

"낮에……."

'이상한 소리를 했다'고 하셨죠, 라는 말을 꾹 삼켰다. 위험하다, 위험해.

"네?"

"낮에, 나갔습니까?"

"아침에 둘이 나갔는데 낮에 일단 혼자 돌아왔어요. 어딘가 태도가 이상했는데 아마 그때 돈을 가지고 간 거 같네요. 평소 그럴 애가 아니거든요. 그래서 얼마나 필요했으면 그랬을까 싶어요."

"얼마를 가지고 갔는지 아십니까?"

"……2만 엔이 넘죠. 장 볼 때 쓰는 지갑에 넣어둔 돈을 몽땅 들고 갔으니까요."

평소 얌전한 애가 부모 지갑에서 2만 엔이 넘는 돈을 꺼내 갔다는 건, 결심이 상당하다는 의미다. 장기전을 각오했거나, 어딘가 멀리 가려는 것이거나…….

그때 시게오는 퍼뜩 생각이 났다.

"어디 멀리서 사는 친척이나 익숙한 장소는 없나요? 그만한 돈이 있으면 꽤 멀리 갈 수 있죠. 청춘18티켓♦ 같은 거면 홋카이도도 갈 수 있을지 모르겠군요."

"홋카이도요? 홋카이도는 너무 엉뚱한 거 같고……. 아

♦ 일본 전역의 JR 보통열차와 쾌속열차를 자유롭게 이용할 수 있는 티켓.

아, 그러고 보면⋯⋯."

"뭡니까?"

시게오는 잠깐의 틈도 견디지 못하고 다음을 재촉했다.

"그게, 오늘 아침에요, 이상한 소리를 했거든요. 어머, 왜 여태 그걸 잊고 있었지."

그게 궁금했던 거다. 빨리 말해, 멍청한 여자야.

"둘이 도쿄에 가고 싶다고 했어요! 아빠와 의논해보겠다고 했는데⋯⋯. 어떡하지, 도쿄에 갔을까요? 고스모와 도쿄에 갈 일이라는 게 뭘까요?"

도쿄라⋯⋯. 아하.

시게오의 퍼즐이 맞춰졌다. 그렇다고 가르쳐줄 생각은 없었다.

"⋯⋯도쿄요. 저도 잘 모르겠습니다."

"그러고 보면, 작은 아드님이요, 가이아라고 했나요? 어젯밤에 고스모 혼자였어요. 동생은 다른 집에서 잔다고 하던데요?"

"가이아요? 가이아는 당연히 집에 있습니다. 선생님이 뭔가 착각하신 거 같네요."

"정말요? 다행이다⋯⋯. 가이아는 어리고, 혹시 애들이 내버려둬서 길이라도 잃으면 어쩌나 싶었거든요. 다행이네요⋯⋯."

"걱정 끼쳐 죄송합니다. 없어진 건 고스모 혼자입니다. ……혹시 뭔가 아시게 되면 이 번호로 연락 주시겠습니까?"

"그럼요. 그런데 그…… 역시 실종 신고를 하는 게 좋지 않을까요?"

시게오는 웃었다.

"아닙니다. 아드님은 휴대전화를 가지고 있고 걱정하지 말라고 했잖습니까? 경찰도 상대 안 해줄 겁니다. ……아시는지 모르겠지만, 저도 경찰 밥 먹고 있어서 잘 압니다."

그렇게 말한 뒤, 혹시 낮에 있던 일을 떠올릴까 봐 긴장했다.

"아아…… 그리고 보니, 경찰이시라고, 우리 애가 그런 소리를 한 적이 있네요. 역시 그렇군요……."

괜한 생각이 떠오르지 않게 시게오는 틈을 주지 않았다.

"경시청에 지인이 있어서요, 정보가 있는지 물어보겠습니다. 실종 신고보다 그쪽이 더 빠를 테니까요."

물론 지인도 없고, 있다 한들 대도시를 어슬렁거리는 아이를 찾으러 다닐 리 없다. 하지만 도모키 엄마는 그럴 수도 있다고 믿는 눈치였다.

서로 아들의 행방을 몰라서 걱정하는 동지다. 거짓말을 할 리 없다고 생각하는 것이다.

"그러면 부탁드립니다. 야무진 애들이니까 아마 괜찮을

거라고 믿지만……."

"그럼요. 나약하게 키우지는 않았으니까요. 여름방학 동안 약간의 모험 같은 거 아니겠습니까?"

"네에……."

"아무튼, 뭔가 알게 되면 서로 연락하기로 하죠. 잘 부탁드립니다."

"알겠습니다. 그럼 들어가세요."

시게오는 공손하게 인사하고 전화를 끊었다.

그는 전화기를 휙 내던진 뒤, 아까부터 시트를 휘감고 떨고 있는 안나를 봤다.

시게오는 안나를 범했을 때 슬랙스와 팬티를 벗어 던진 탓에 지금은 하체를 그대로 드러낸 채 카펫 위에 책상다리로 앉아 있었다. 크지만 시들해진 페니스가 쓰치노코♦처럼 카펫 위에 축 처져 있다.

한 번만 하고 돌아가기에는 좀 아쉽다.

생각만 했을 뿐인데 쓰치노코가 카펫에서 부스스 고개를 치켜들고 우뚝 솟았다.

"선생님…… 이번에는 좀 더 부드럽게 해줄게."

♦ 일본에 서식한다고 전해지는 상상 속 동물. 망치와 비슷한 형태로 몸통이 굵은 뱀으로 묘사된다.

그리고 시트를 벗기려는데 안나가 "힉"하는 소리를 내면서 손으로 눌렀다. 그래서 다리 쪽 시트를 젖혀서 상체를 덮었다. 하체가 시게오와 마찬가지로 그대로 드러났다. 하얀 엉덩이에 매달린 시게오의 정액이 말라가고 있다.

"······제발······ 하지 마······."

안나가 슬슬 기어서 도망치려고 하자, 시게오가 그 허리를 양손으로 붙들고 도로 끌어당긴다. 조금 전에 관통한 엉덩이의 갈라진 틈이 눈앞에 보였다. 처음은 아니었을 텐데, 격렬하게 해서 성기가 붉게 부은 듯하다.

"선생님, 한 번이나 두 번이나 똑같아. 두 번째가 분명 더 기분 좋다니까. 내가 장담하지."

시게오가 손가락에 침을 바르고 부은 살을 만지자, 안나는 조그맣게 비명을 내질렀다.

13

둘 다 소고기덮밥 곱빼기와 된장국으로 든든하게 배를 채웠다. 그리고 친절해 보이는 사람에게 길을 물어 어찌어찌 가부키초 쪽으로 이동했다.

해는 저물어가지만 열기와 배기가스로 가득한 거리는 인파로 점점 더 붐볐다. 도모키는 공포감마저 느꼈다. 키 큰 어른들에게 둘러싸이면 시야는 차단되고 걷기도 불편하다. 그뿐 아니라, 이처럼 많은 사람들이 어디선가 각자의 인생을 살고 있다고 생각하면 정신이 아득해졌다.

'가부키초'라는 말은 왠지 즐거운 인상을 주었지만, 단순히 난잡한 번화가에 불과하다는 사실을 알고는 실망과 함께 불안을 느꼈다.

아이가 보아도 건전하지 못한 업소임을 알 수 있는, 화려한 여성들 사진을 내건 가게 앞에서는 이미 사람들이 소리를 높여가며 호객 행위를 하고 있었다.

"젊은 오빠, 이리 와요. 한 시간에 천 엔. 젊은 오빠!"

도모키는 자신을 부르는 줄 알고 화들짝 놀라 걸음을 멈췄다. 하지만 곧바로 근처에 있는 정장 차림의 남자를 부르고 있단 걸 알았다.

"젊은 오⋯⋯. 너 말고⋯⋯. 초딩이 오긴 어딜 와. 저리 가."

휘이 휘이 하고 개라도 쫓아내듯 한다. 도모키는 뛰기 시작했다. 아무튼 이곳에서 빨리 벗어나고 싶었다.

"야, 잠깐만. 왜 뛰어⋯⋯."

고스모가 투덜거리면서 쫓아왔다. 도모키는 계속 달렸다. 사람들을 피하면서 핀볼 구슬처럼 지그재그로 번화가를 빠져나갔다.

분수가 있는 광장으로 나왔다. 좀 쉬었다 가려고 속도를 늦췄는데, 고등학생 정도의 남자들 몇 명이 바닥에 앉아서 무서운 눈초리로 이쪽을 노려봤다. 하는 수 없이 쉬기를 단념하고 빠른 걸음으로 지나갔다. 유사한 분위기의 무리가 종종 한밤의 편의점 등에 모이는데, 그런 광경을 보면 도모키는 가능한 한 피해 간다. 상급생에게 돈을 빼앗겼다는 이야기를 가끔 듣는데, 이런 곳에 모인 사람들은 분명 도모키 동네 무리보다 몇 배는 무서울 것이다.

걸음을 재촉하면서 길을 하나 넘어가자 분위기가 완전히 바뀌었다. 반짝이는 네온사인과 인파가 눈에 띄게 줄었다.

고스모가 배낭을 내려서 오른쪽 어깨로만 메는 것을 보고 도모키도 따라 했다.

배낭과 등 사이에 열이 차서 흘러내린 땀이 바지 허리춤을 흠뻑 적시고 있었다. 잠깐 에어컨을 쐬듯 등이 시원했다.

"따라 하지 마라."

고스모는 도모키의 배낭을 손으로 탁 친다.

"따라 하긴 누가 따라 한다고."

"따라 했잖아."

고스모 말투가 격해진다.

"……아아, 네네. 따라 했네요. 따라 했습니다. ……따라 하면 왜 안 되는데요?"

도모키는 태도를 바꿨다. 고스모는 조금 기가 죽은 모습이었지만, 마지막 한마디는 잊지 않았다.

"……인정하니까 용서해준다."

용서하고 말고 할 게 뭐가 있다는 건지. 도모키는 여전히 유치한 고스모에게 짜증이 나면서도 한편으로는 마음이 놓였다. 멀리 떨어진 대도시에서도 이 녀석은 아무것도 달라지지 않는다. 그 사실에 조금 용기가 생긴 것이다.

이 길이 맞는지 조금 불안해져서 다시 물어보고 싶지만, 바쁘게 오가는 사람들한테 말을 걸기가 쉽지 않았다. 우물쭈물 걸어가는데 이제 막 문을 연 듯한 불고기 가게에서 여성 종업원이 나오더니, 네온사인 간판을 설치하는 모습이 눈에 들어왔다.

"저기…… 죄송한데요, 오쿠보가 이 근처예요?"

"오쿠보? 여기, 오쿠보."

일본인인 줄 알았는데 억양이 좀 이상하다. 외국인이다. 도모키는 조금 무서워졌다. 불현듯 주변에 시선이 갔다. 불고기 가게와 옆 가게 모두 영문 모를 기호 같은 문자가 쓰여 있었다.

뭔가 심상치 않은 곳에 들어왔다. 하지만 방금 여자는 분명히 여기가 오쿠보라고 했다.

"여기가 몇 가예요?"

"몇 가? 몰라. 미안해요."

"……아, 네에. 감사합니다."

도모키는 얼른 인사를 하고 자리를 떴다.

어떡하든 일본인을 찾아서 정확한 주소를 알아내야 한다.

"점장님, 점장님!"

도모키는 번지 표시를 찾아 이리저리 둘러보면서 걷다가

뒤에서 들려오는 그 여자 목소리에 돌아봤다.

가게 안에서 하얀 상의를 입은 아저씨가 나타났다. 여자가 부르는 소리에 나온 듯했다. 형뻘인지도 모른다. 감자처럼 둥글고 울툭불툭한 얼굴에 칼로 그은 듯 가늘고 긴 눈. 자못 엄해 보이는 얼굴로 엄마가 항상 보는 한류 드라마의 꽃미남과는 다른 악역 쪽 생김새다. 게다가 손에는 가늘고 긴 무기처럼 번뜩이는 물건을 들고 있다.

"애들아, 어디 찾니?"

점장이 묻자, 도모키는 발길을 돌려 도망치려고 했다. 그런데 고스모가 다가가서 엽서를 보여주는 바람에 도망가고 싶어도 도망갈 수 없었다.

고스모는 엽서 내용은 손으로 가리고 주소 부분만 보여주는 듯했다. 빡빡머리 점장은 허리를 굽혀서 흠흠하고 고개를 끄덕이며 엽서를 읽었다. 그리고 들고 있던 무기로 앞쪽을 가리키며 고스모에게 설명했다. 두 자루의 가는 금속은 아무래도 젓가락 같았다.

"감사요."

고스모의 무성의한 인사에도 점장은 기분이 상하지 않는지 그대로 가게 안으로 들어갔다.

고스모는 도모키를 지나쳐서 앞질러 갔지만, 도모키는 바로 움직일 수 없었다. 공포로 다리가 얼어붙어 있었다.

"야, 뭐 하냐? 알아냈어. 저 아파트래. 낡은 거."

고스모는 앞쪽 건물을 가리켰다.

"……어, 그래."

도모키는 어느 건물인지도 모르면서 모호하게 고개를 끄덕이고, 그 뒤를 쫓아갔다.

고스모가 10미터쯤 걸어가다가 멈춘 곳은 분명 오래된 아파트 같았다. 가늘고 긴 4층 건물로 콘크리트는 완전히 낡아서 거무데데하다. 엘리베이터는 없는 듯하다. 얇은 알루미늄 문을 열자, 갑자기 싸늘한 느낌의 계단이 보였다. 다섯 칸 정도 올라가면 1층인 모양이다.

서로 마주 보는 집 문패에는 각각 11, 12라는 번호가 붙어 있다. 엽서 주소 마지막은 '31'이었다. 아마 3층일 것이다.

"3층이야."

도모키가 갑자기 걸음이 느려진 고스모에게 말했지만, 대답이 없었다.

"……먼저 가."

갑자기 고스모가 힘없이 말했다. 도모키는 조금 의아했지만, 특별히 싫다고 할 이유도 없어서 앞장서 올라갔다. 고스모도 느릿느릿 따라왔다.

이상한 녀석이네. 오랜만에 엄마를 만날지도 모르는데.

이제 도모키는 목적이 뭐든 간에 아무 상관 없었다. 아무튼 여기가 여행의 종착지라는 생각에 기분이 들떠 있었다.

위층은 물론 21과 22다. 더 올라간다.

31. 호수 옆에 적힌 이름은 야마가미가 아니었다. '金'이라는 한 글자였다.

"……'가네'?♦ 아니면 '김'인가?"

도모키가 느릿느릿 올라온 고스모에게 물었다. 고스모는 그제야 '야마가미'라는 이름이 없는 걸 알았는지, 왠지 조금 안심한 모습 같기도 했다.

"'가네'잖아. '김' 같은 소리 하긴."

그 말에 둘은 앗 하고 서로 쳐다봤다.

"외국인……인가?"

"중국인?"

"한국인이야. 무슨 일이지?"

뒤에서 갑자기 목소리가 들렸다. 둘은 "으악!" 하고 비명을 지르면서 벽까지 홱 물러났다. 더 이상 도망칠 곳은 없었다.

돌아보니 노출이 많은 옷차림에 예쁘지만 강인한 얼굴의 여자—나이는 잘 모르겠다—가 계단을 두 칸 정도 내려간 곳에서 도모키와 고스모를 노려보고 있었다.

♦ 일본어에서 한자 '金'은 '가네ゕね'로 읽을 수 있다.

"뭐야. 남의 집 앞에서 뭐 하는 거야!"

여자가 소리쳤다. 무서운 사람은 아닌 듯하다고 안심하던 도모키는 다시 바르르 떨었다.

여자는 귀찮게 뭐야, 하고 말하듯 머리를 벅벅 긁는다.

"아아, 됐으니까 좀 비켜. 못 들어가잖아."

"죄…… 죄송해요."

둘은 방해되지 않게 비켜섰다. 여자는 열쇠를 꺼내서 문을 열고 휙 들어간다.

"저, 저기……!"

문이 닫히려는 순간, 도모키가 용기를 쥐어짜서 말을 걸었다.

"왜? 볼일 있어?"

문 사이로 들린 목소리에는 분명히 짜증이 배어 있다.

도모키는 고스모 옆구리를 쿡쿡 찌르면서 재촉했지만, 고스모는 "어? 뭐?" 하고 전혀 알아채지 못한다.

하는 수 없이 도모키가 고스모의 엽서를 낚아채서 내밀었다.

"저희는…… 이 사람을 찾으러 왔는데요. 아마 몇 년 전까지 여기 사신 거 같은데. 이거, 여기 주소 맞죠?"

목소리가 떨렸지만, 이럭저럭 더듬지 않고 말했다. 조금 진정이 되었다.

문이 살짝 열리고 여자가 상체만 내밀어 엽서를 보다가, 팔을 쓱 내밀어 뺏어 갔다.

"어? ······응······ 여기 맞아."

엽서를 읽더니 덤빌 듯하던 기세가 사라졌다. 문을 더 열고 천천히 밖으로 나와서 문 모서리에 등을 기댄다. 무시무시하게 짧은 치마 밑으로 예쁜 다리가 뻗어 있다. 도모키는 움찔한다.

"······전에 살던 분, 모르세요?"

도모키는 치마와 다리의 경계선 부근에서 눈을 떼며 소용없는 줄 알면서도 물어본다. 뭘 어떻게 할지 알 수 없었기 때문이다. 아파트 주인을 찾아서 물어볼 생각도 하지 못했다.

"예전이고 뭐고 간에 난 여기 산 지 꽤 오래됐어······."

여자는 한국인인데도 아까 그 불고기 가게 사람들에 비하면 발음이 별로 이상하지 않다. 일본에 오래 살아서일까.

"줘!"

고스모가 엽서를 되찾으려고 손을 내민다. 여자는 그 손을 탁 뿌리치면서 엽서를 말끄러미 들여다본다.

"······어어······?"

여자는 주먹으로 이마를 톡톡 가볍게 치면서 뭔가 생각하는 듯했다.

"왜요? 이 사람 아세요?"

도모키가 가느다란 희망을 느끼고 용기 내서 물었다. 하지만 대답은 바로 나오지 않았다.

그때 갑자기 여자의 얼굴에 뭔가 생각난 듯한 표정이 떠오르더니, 도모키와 고스모를 재빨리 번갈아 보았다.

"……이 사람, 너희 엄마야?"

"……애는 맞고요, 전 친구예요."

도모키의 대답에 여자는 복잡한 표정으로 고스모를 응시한다.

"너, 엄마 안 계셔?"

고스모는 말없이 고개를 끄덕인다.

"언제부터 안 계셨어?"

"……그 엽서를 받기 전. 2년 정도 전에. 아빠 때문에."

"왜 이제야 찾으러 왔어?"

조금 나무라는 듯한 말투였다.

"……무슨 상관이야."

고스모가 엽서를 잡아당기자, 여자는 이번에는 저항하지 않았다. 고스모는 조금 구겨진 엽서 가장자리를 똑바로 펴서 집어넣는다.

"……에이 씨……. 결국 없잖아."

자조적인 콧방귀를 뀌고 콘크리트 바닥을 찼다.

"너희 둘이 왔어? 아빠는?"

여자의 질문에 고스모가 눈을 치켜뜨며 찌릿 노려본다. 기가 세 보이는 여자가 움츠러들 정도로 어둡고 살의에 찬 눈초리였다.

도모키는 두 사람 사이에 싸움이 벌어질까 봐 허둥지둥 끼어들었다.

"얘 아빠, 정말 무서워요. 가정폭력이라고 해야 하나……. 아무튼 엄청나요. 그래서 더는 참을 수 없어서 도망쳐 온 거고요. 여기에 얘 엄마가 있을 줄 알고."

한번 터져 나온 말은 그칠 줄 몰랐다. 도모키는 쓸데없는 말까지 해버린 기분이 들었다.

"그래서 그…… 여기 살던 사람이 어디로 이사 갔는지 아시거나 알아볼 방법이 있으면 알려주세요."

그러고 나서 여자 얼굴을 올려다보았다. 여자는 왜인지 미안한 듯 고개를 돌렸다.

도움이 못 돼 미안해, 라는 말이 나올 줄 알았는데 아니었다.

"……미안해. 너희 엄마…… 네 엄마는 여기 안 사셔."

"그건 이제 안다니까."

고스모가 입을 삐죽이자 여자는 고개를 저었다.

"아니, 그게 아니라, 애초에 여기 산 적이 없어."

"뭐? 그게 뭔 소리야?"

고스모가 물었다. 그런데 다음 한마디에 도모키는 귀를 의심했다.

"그 엽서, 내가 썼어."

여자는 손가락으로 자기 코를 톡톡 친다.

둘은 깜짝 놀라 할 말을 잃었다. 여자는 덧붙인다.

"네 아빠―아마도, 이긴 한데―가 부탁해서 내가 썼어. 맞아."

***

집에 돌아온 시게오는 이불 속에서 이리저리 뒤척이고 있었다. 더워서 잠도 오지 않았고, 역시 몇 가지 걱정거리도 있었다.

집에 와서 가장 먼저 한 일은 고스모가 치워뒀을 엽서를 찾는 것이었다. 고스모는 숨겼다고 생각했겠지만, 시게오는 모두 다 꿰뚫고 있었다. 그깟 엽서 한 장으로 마음의 위안을 얻을 수 있다면 얼마든지 가지고 있어도 된다고 생각했다. 아니나 다를까 엽서는 없었다. 틀림없이 고스모가 가져갔다.

그 녀석들이 신주쿠 주소를 찾아갈 수나 있을까.

그리고 이인지 김인지, 딱 한 번 보고 이제는 이름도 기억 안 나는 한국 펍의 그 여자는 아직 거기에 살고 있을까?

그런 장사를 하는 사람이라면 틀림없이 직장이고 집이고

수시로 바뀔 테니까 아마 다른 곳으로 이사 갔을 것이다. 만약 아직 그 주소에 살고 있어서, 혹시 아이들이 그 여자한테 이야기를 듣는다면 어떻게 될까? 역시 그런 가능성을 고려해서 주소도 엉터리로 적었어야 했나. 하지만 당시에는 그럴싸한 주소로 그 여자 집 주소를 쓰게 하는 게 가장 손쉽다고 생각했다.

여하튼 가장 큰 걱정은 녀석들이 괜한 짓을 해서 경찰과 얽히는 상황이다. 이것저것 물으면 고스모는 그렇다 쳐도 후지사와 도모키가 털어놓을 수 있다. 그렇게 되면 아무리 황당무계하게 들리더라도 경찰은 가이아 얼굴을 봐야 직성이 풀릴 것이다. 그런 상황이 벌어지지 않기를 비는 수밖에 없다.

지금 시게오는 비는 것 이외에는 할 일이 없었다.

내일은 일단 휴가를 받았으니까 신주쿠에 갈 참이다. 그 여자 집 주소를 엽서에 쓰도록 했지만 직접 가본 적도 없고, 딱 한 번 본 게 전부라서 번지까지 기억도 못 한다. 하지만 아마 초등학생 둘이 신주쿠나 오쿠보에서 묻고 다니면 눈에 띌 테고, 찾는 건⋯⋯ 적어도 그 움직임을 쫓는 건 가능할 듯했다.

내일이면 녀석들을 찾아서 데리고 올 수 있다. 시게오는 스스로에게 그렇게 말한 뒤에야 이럭저럭 얕은 잠에 빠져들 수 있었다.

14

김나루미, 라고 그 여자가 자신을 소개했다.

나루미는 둘을 집으로 들어오게 한 뒤, 차를 내줬다. 그리고 예전에 가게를 방문한 손님의 부탁을 들어주게 된 경위를 설명했다.

한국에서 일본에 온 지는 3년쯤 됐고, 신주쿠의 한국 펍에서 호스티스를 하고 있다고 했다. 도모키는 '한국 펍'이 어떤 건지 모르지만, 분명 건전한 곳은 아닐 거라 상상했다.

"그때 난 아직 일본어를 열심히 공부할 때라서. 그 손님, 가게 애들 몇 명 불러서 어려운 글자 어떻게 쓰는지 가르쳐줬어. 문 닫을 때까지 가게에 머물면서 돈도 꽤 많이 썼어. 집에 가려고 하는데 그 손님이 나를 부르잖아. 그러더니 '사례를

할 테니까 편지를 써달라'는 거야. 3만 엔인가, 4만 엔인가. 좀 이상하긴 했지만 돈 욕심이 나서 한다고 했지. 맥도날드에 가서 손님이 쓴 문장을 엽서에 베끼는데, 잘 모르는 글자는 쓰기 전에 몇 번 연습하고. 주소는 내 주소를 쓸 수 있다고 하니까, 그거면 된다고 했어. 그래서 주소는 진짜야."

그때 이 엽서는 고스모 엄마가 아니라 나루미가 쓴 가짜라는 사실이 마침내 이해되었다. 하지만 도모키는 그 사실이 대체 뭘 의미하는지, 머릿속에서 전혀 정리가 안 되고 있었다.

고스모는 아까부터 내내 고개를 숙인 채 입을 다물고 있었다. 도대체 나루미 이야기를 듣는 건지 아닌지, 무슨 생각을 하는 건지 전혀 알 수 없었다.

"미안해. 그때는 이 엽서의 의미도 잘 몰랐어. 너희를 속인 거면…… 속이는 걸 도운 거면 사과할게. 정말 미안해."

나루미는 먼저 고스모에게, 이어서 도모키에게 머리를 깊이 숙였다.

"……어떻게 된 건지 아세요?"

도모키는 자신들도 영문을 모르겠는데 아무 관계도 없다시피 한 나루미가 알 리 없다고 생각하면서도 물어보지 않을 수 없었다.

"혹시, 고스모라고 했나? 안심시키고 싶으셨던 건지도

모르지. 엄마는 멀리 계시지만, 건강하게 잘 계실 거라고 생각하면 조금 마음이 놓이지 않을까?"

평범하게 생각하면 맞는 말이다. 그런데 그 괴물이 단순히 그런 목적으로 일부러 멀리까지 와서 많은 돈을 써가며 달랑 엽서 한 장을 보낼까? 아니, 그 인간을 잘 안다면 절대 있을 수 없는 일이란 걸 바로 안다.

도모키는 몹시 불길한 생각이 떠올랐지만 또렷한 형태를 띠기 전에 털어내고, 더 이상 생각하지 않기로 했다.

"……그럼 우리 엄마는 대체 어디 있는 건데."

고스모가 고개를 숙인 채 툭 내뱉는다.

"그 사람…… 네 아빠는 알 텐데……."

"그 인간한테 물으라고? 우리를 속인 게 누군데! 순순히 가르쳐주겠냐고! 그리고……."

물론 그 인간에게서 도망쳐야 하는 상황에 그런 걸 물어볼 수는 없다.

"그러면 네 엄마 찾는 거 포기할래?"

유일한 실마리가 새빨간 거짓말이었으니 포기하고 말고 할 것도 없다. 둘 다 아무 말도 안 나왔다.

휴우, 하고 나루미는 한숨을 쉰다.

"너희들, 오늘 엄마 못 찾으면 어쩌려고 했어? 지금 집에 갈 수 있어?"

"……몰라……."

고스모의 불만스러운 말투에 도모키는 허둥지둥 덧붙였다.

"분명히 여기 계실 줄 알았어요……. 그래도 그, 하룻밤 정도 잘 돈은 있어서."

만약 돌아갈 열차가 있다고 해도 최소한 오늘 밤은 돌아가지 않는 게 좋다. 두 집 모두 위험하다.

"자다니, 어디서 자려고? 제대로 된 곳은 초등학생들끼리 못 갈 텐데."

"그래요?"

도모키는 놀라서 되물었다. 돈만 있으면 어디서든 잘 수 있을 줄 알았다.

"가출처럼 보이면 경찰이 올 거야. 주소랑 전화번호도 써야 하고, 집으로 전화할걸. 분명."

"어디서 자든, 뭐. 공원에서 자도 되고."

고스모는 아무렇지 않게 말했지만 도모키는 불안했다. 밝아도 무서운 거리인데 이런 곳에서 밤중에 아이 둘이 공원에 있으면 무슨 일이 벌어질지 모른다. 어른도 폭행당해서 죽었다는 뉴스도 본 적 있다. 설령 죽지는 않는다 해도 돈은 분명히 뺏길 것이다. 그 인간 눈에 띄더라도 역시 부모님이 있는 집에 돌아가는 편이 나을까?

"······하룻밤이라면 재워줄 수 있는데."

나루미는 마지못한 듯 말했다.

"엇, 정말요?"

"진짜?"

둘은 동시에 되물었다. 차도 내줘서 착한 사람이라고 생각은 했지만, 그렇게까지 해줄 줄은 전혀 기대하지 않았다.

"그러면····· 너무 죄송한데요."

"바보야, 뭘 또 사양하냐. 그쵸? 재워준다는데 자자."

옆에 있던 고스모는 거절하려는 도모키의 팔을 주먹으로 치면서 나루미에게 미소 지었다.

"그래, 사양 안 해도 돼. 왜냐하면····· 그게 좀, 책임감도 느끼고. 딱 하룻밤이야. 그리고 손님용 이불은 한 채밖에 없으니 너희 둘이 같이 자."

돈을 받고 엽서를 쓴 사실을 말하는 걸까. 물론 그 엽서가 없었다면 이런 곳까지 오지 않았겠지만, 이 사람이 거절했어도 틀림없이 다른 사람에게 부탁했을 것이다. 나쁜 건 아들을 속이려고 한 고스모 아빠지, 이 사람은 아닌데.

도모키는 나루미 마음이 잘 이해되지 않았다.

"아무튼 오늘 쉬는 날이라 다행이야. 출근했으면 엇갈려서 밤중에나 왔을 텐데. 너희들, 아마 경찰 신세 졌을 거야."

"오늘만 쉬는 날이에요?"

"응. 주 6일 일하니까."

새삼 방을 둘러보았다.

예의상으로도 깨끗하다고는 할 수 없는 오래된 아파트다. 다다미방이 두 개, 좁은 마룻바닥 부엌과 화장실만 있다. 지금 앉아서 얘기하는 다다미방은 낮은 테이블과 작은 액정 텔레비전, 그리고 화장대가 있는 정도다. 옆에 있는 다다미방은 아무래도 침실 겸 옷방인지, 파이프 행거와 옷으로 침대가 파묻힌 듯했다.

"그렇게 일하는데 가난한 거 같아?"

나루미가 웃으면서 물었다. 도모키는 고개를 절레절레 저었다.

"아니, 그럴 리가……."

솔직히 화려한 옷차림에 비해 집은 수수했다.

"이래 봬도 나, 꽤 많이 벌어. 별로 부자처럼은 보이지 않겠지만, 거의 다 본가에 보내고 안 쓰니까. 좀 더 넓은 곳으로 이사 가고 싶은데, 돈이 안 모이네."

"아줌…… 누나는 몇 살이에요?"

도모키는 묻고 나서야 여자한테 나이를 묻는 거 아니야, 라는 엄마의 말버릇이 생각났다. 나루미는 전혀 개의치 않는 듯했다.

"스물넷. 가게에서는 계속 스무 살이라고 하지만."

도모키 눈에도 스무 살은 무리다. 스물여덟 살의 안나 선생님은 젊어 보이는 편이지만, 얼핏 봐도 큰 차이는 없다. 화장이 진해서 왠지 아줌마 느낌이 난다.

"저녁 준비하려고 했는데 귀찮으니까 도시락 괜찮아? 그러면 요 근처에서 사 오면 되는데."

"사주는 거야?"

고스모는 도모키가 차마 못 하는 질문을 시원스레 물어본다.

"꽤 잘 번다고 했잖아. 도시락쯤이야 뭐든 사줄게."

소고기덮밥을 먹은 뒤 시간도 별로 안 지났을 텐데, 여러모로 조바심을 낸 탓인지, 도시락이라는 말에 배가 고파졌다.

"그러면 같이 사러 갈까?"

셋이 밖으로 나왔다. 하늘은 완전히 어두워졌지만, 가로등과 가게 불빛 때문에 마치 낮처럼 환했다. 2분도 채 걸리지 않는 곳에 있는 도시락 가게로 걸어가서 각자 먹고 싶은 걸 주문했다.

도모키는 왠지 내내 꿈속에 있는 듯했다. 악몽인지 즐거운 꿈인지는 잘 모르겠다. 무서운 일에 휘말려 있는데 설레는 면도 있다. 집에 가고 싶다, 엄마가 보고 싶다는 마음도 있지만 그 집과 동네에서 멀리 떨어져서 고스모와 낯선 어른 여자와 밥을 먹으려 한다는 사실에 왠지 축제에 온 듯한 기분이었다.

　도모키는 좋아하는 치킨난반♦을, 고스모는 사준다는 말
에 평소 먹지 않는 튀김부터 햄버그까지 전부 들어간 디럭스
도시락을 주문했다. 나루미는 가장 싼 김 도시락을 골랐다.
도모키는 역시 나루미가 돈이 별로 없는 건 아닌지 걱정되었
지만, 고스모는 전혀 신경 쓰지 않는 눈치라 조금 화가 났다.

　도모키는 둔하다는 건 어떤 의미에서 좋다는 생각이 처
음으로 들었다. 친구는 적어질 수 있겠지만.

　나루미의 아파트로 돌아가 도시락을 먹은 뒤, 이번에는
공중목욕탕에 간다고 해서 둘은 조금 흥분했다.

　"슈퍼 목욕탕?"♦♦

　"그런 거 말고, 일반 공중목욕탕."

　도모키는 일반 공중목욕탕이 어떤 건지 상상이 안 갔다.
생각해보면, '슈퍼 공중목욕탕'이라고 할 정도면 일반 공중목
욕탕이 있는 게 당연하지만.

　"일반 공중목욕탕? 요즘에 그런 데 가는 사람이 있나?"

　고스모는 말은 그렇게 하면서도 완전히 흥미진진한 모습
이었다.

♦　밀가루와 달걀물을 입혀서 튀긴 닭고기에 단맛을 낸 식초를 끼얹은 음식.

♦♦　오락 시설의 요소가 가미된 공중목욕탕.

"여탕에 같이 들어가도 돼?"

"어머, 얘 좀 봐, 변태네. 안 돼. 가기 싫으면 그냥 여기서 기다려."

물론 둘 다 나루미를 따라서 공중목욕탕에 갔다. 요금도 나루미가 계산했다.

동네에도 이런 목욕탕이 있긴 하지만, 밖에서 보았을 뿐 들어간 적은 없었다. 굴뚝이 있는 옛날식 공중목욕탕이 신주쿠에서 별로 멀지 않은 곳에 있을 줄은 생각도 못 했다. 그리고 손님들이 꽤 많다는 사실에 놀랐다. 여러 개 있는 욕조에 차례로 들어가서 몸을 씻고 30분도 안 되어 밖으로 나왔다. 나루미가 준 돈으로 캔 음료를 사서 가드레일에 걸터앉아 마시는데, 웬 여자가 나와서 말을 건넸다.

"많이 기다렸지?"

"네?"

물론 나루미였다. 티셔츠와 짧은 레깅스로 갈아입고, 화장은 지우고, 머리를 뒤로 묶으니 완전히 다른 사람이었다. 이러면 스무 살이라고 해도 믿을 듯하다. 이쪽이 훨씬 귀여운데 어른 남자는 아줌마 같은 화장을 한 얼굴을 더 좋아하는 걸까. 도모키는 의아했다.

"왜 그렇게 멍하니 있어? 가자."

둘은 허둥지둥 일어나서 음료를 마저 다 마신 뒤 휴지통

185

에 버리고 나루미를 쫓아갔다.

* * *

　시게오는 날이 밝기도 전에 일어나 첫차가 다닐 즈음 전철을 타고 신칸센으로 갈아탔다. 신주쿠에 도착했을 때는 8시가 채 되기 전이었다. 오늘 중에 결판을 내고 싶었기 때문이다.

　원래 고스모는 엄하게 혼을 내는 정도로 용서해주려고 했는데 점점 살의 비슷한 게 느껴졌다. 이 정도로 수고를 끼쳤으니 죽음도 각오하고 있을 것이다.

　물론 고스모를 죽일 생각은 없었다. 가이아 하나 없어진 것도 어떻게 둘러댈지 골치가 아픈데, 여기에 고스모까지 더해지면 도저히 무리다. 고스모는 살아 있어야 한다. 안 그러면 아주 곤란하다.

　후지사와 도모키라면 얘기가 또 달라진다. 그 녀석은 직성이 풀릴 때까지 손을 봐줘도 좋고, 기회가 있으면 죽여도 상관없다. 부모는 당연히 실종 신고를 하겠지만, 고스모를 시켜 적당히 증언하게 하고 엉뚱한 방향으로 수사를 몰아가면 된다. 그러기 위해서라도 고스모는 필요하다.

　시게오는 거의 경험한 적 없는 혼잡한 아침 시간대에 전철에 올라탔다. 그리고 꾸역꾸역 밀고 들어오는 샐러리맨들을 모두 때려죽이고 싶다고 생각하면서 신주쿠역에 내렸다.

인파를 따라서 어찌저찌 밖으로 나온다.

예전에는 가끔 동네 캬바쿠라♦나 유흥업소에서 놀다가 싫증 나면 이렇게 도쿄까지 왔었다. 같은 유흥업소라 해도 도쿄에는 새로운 것, 희귀한 것이 있고, 나오는 여자 레벨이 다르다. 그런데 신주쿠에는 2년 전 그 엽서를 보낸 후 처음 왔다. 원래 이곳 지리를 잘 아는 것도 아니다.

우선 배를 채우려고 소고기덮밥 가게에 들어가서 아침 정식이라는 걸 먹고 점원에게 오쿠보 방면으로 가는 길을 묻는다. 가부키초 맞은편이라는 무뚝뚝한 대답에 왠지 기억이 되살아났다.

이렇게 아침 댓바람부터 온 건 처음이지만 생각보다 더 럽다. 네온사인의 민낯이 드러났을 뿐 아니라, 여기저기 쓰레기가 버려지고, 곳곳에 토사물이 널려 있다. 노숙자의 잠자리 주변에서 풍기는 악취는 쓰레기장의 그것과 별반 다르지 않다.

시게오는 화가 치밀기보다는 마음이 들썩였다.

이곳에 오면 인간은 쓰레기라는 게 실감 나기 때문이다.

인간은 한 사람 한 사람 어느 정도 떨어져서 살아가는 만

♦ '캬바레'와 '클럽'의 합성어로, 젊은 여성 종업원이 접대하는 화려한 술집.

큼, 얌전한 표정으로 앉음새를 바로 하고, 지적인 생물인 양 치장한다. 그런데 이렇게 한곳에 많은 수가 모였을 때에야말로 그 숨은 본성이 곳곳에 드러난다. 먹고, 섹스하고, 배설하는 생물이라는 사실을 잘 알 수 있다.

이미 태양이 높이 떠서 어제의 열기가 채 가시지 않은 똥구덩이 같은 거리를 다시 쨍쨍 내리쬐기 시작했다. 악취 역시 더 기승을 부리는 듯했다.

출근하는 사람들이 밤보다 바쁘게 오가는 가운데 시게오는 여유롭게 가부키초로 걸음을 옮겼다.

파출소를 보고 혹시 아이 둘을 보호하고 있지 않은지 물어볼까 망설이다가 결국 그만뒀다. 어쩔 수 없는 순간이 오면 물어보겠지만, 아닌 밤중에 홍두깨가 될 우려도 있다. 아직은 때가 아니다. 아이들도 경찰을 피할 테니 길을 물었을 것 같지도 않다.

희미해진 기억을 더듬으며 가부키초를 빙빙 돌다가 2년 전에 갔던 한국 펍을 발견했다. 그 여자가 아직도 이곳에서 일하는지 모르지만, 나중에 물어보기로 한다. 가부키초를 뒤로하고 오쿠보로 갔다.

오쿠보는 원래 한국인이 많은 거리였다. 지금은 한류 붐의 영향으로 일본인까지 한류 굿즈나 수입 식품 등을 사기 위해 방문하는, 관광 명소가 된 듯했다. 잘 놀고들 있다. 외국인에게 침략당한 장소에 일부러 돈을 쓰러 가는 꼴이라니.

시게오는 한국 펍에 좋아서 간 게 아니다. 일본어가 아직 서툴러도 한자를 쓸 수 있는 적당한 여자를 찾으러 갔을 뿐이다. 가기 전에는 여자를 안는 일도 작은 즐거움이라고 생각했지만, 옆에 앉은 여자는 체취인지 구취인지가 지독해서 그럴 마음도 생기지 않았다.

오쿠보 거리를 어슬렁거리면서 관찰하고, 전날 아이들이 지나갔을 시간대를 추측했다. 분명히 아이들이 지나갔을 때의 거리는 지금과 다른 얼굴일 것이다. 어제저녁 문이 열려 있었고, 지금도 열려 있는 가게라면 패스트푸드점과 편의점, 그리고 도시락 가게 정도일까. 물론 지금 일하는 사람은 어제저녁 일하던 사람이 아닐 것이다. 어차피 물어봐도 별 의미 없다.

형사는 아니지만 수사를 도운 적도 있어서 탐문의 기본은 이해하고 있다. 목격자를 찾는다면 최대한 사건 발생 시간과 같은 시간대로 해야 한다.

하지만 아이들이 제대로 목적지에 도착했다면 이 근방에 왔을 게 분명하다. 그 여자가 이사 갔다면 아이들은 단서를 잃고 어쩔 줄 몰라 했을 것이다. 그러면 어떻게 할까? 그 집 주인에게 물어보러 갈 정도의 머리는 있다고 가정하자. 엄마 이름을 말해봤자 그런 여자가 살았던 기록은 없다. 벽에 부딪힌다.

그 여자가 아직 거기 살고 있어도 결과는 마찬가지다. 만약 자신이 그 엽서를 썼다고 털어놓으면? 고스모는 깜짝 놀랄 것이다. 아빠를 원망할지도 모른다. 그러나 다시 벽에 부딪힌다. 할 수 있는 건 없다. 집에 돌아갈 수 없다면 머무를 곳을 찾을 것이다.

초등학생 둘이 일반 호텔에 묵지는 못한다. 시게오는 휴대전화로 지도를 보면서 공원 같은 곳을 몇 군데 돌아봤다. 작은 공원 음수대에서 꾀죄죄한 정장 차림의 남자가 얼굴을 씻고 있었다. 정장은 입고 있지만 제대로 된 가방도 없고 신참 노숙자 정도 될까. 시게오는 그에게 말을 걸었다.

"실례합니다. 혹시 어제저녁부터 오늘 아침 사이에 이 근방에서 초등학생 두 명 못 보셨습니까?"

최대한 공손하게 물었는데 남자는 손수건으로 대충 얼굴을 닦은 뒤 초점 없는 눈으로 힐끔 보고는 말없이 자리를 뜬다.

"……이봐, 거기 서."

시게오는 다가가서 남자의 팔을 잡았다.

"내가 지금 묻잖아. 대답해."

"……왜 그래. 이거 놔."

"초등학생 두 명을 봤는지 묻잖아!"

특별히 이 남자가 알고 있을 거라 생각하지는 않았지만, 울컥해서 손가락에 힘을 줬다.

"몰라! 아얏, 아, 아! 놔! 미쳤어⋯⋯?"

남자가 손을 뿌리치면서 한 말에 시게오는 폭발했다. 폭발한 것과는 조금 다를 수 있다. 냉정하게 주변을 둘러보고 자기 안의 짐승에게 오케이 사인을 줄 여유는 있었다.

괜찮다. 공원 나무로 그늘져서 어두운 데다 지나가는 사람도 거의 없다.

시게오는 쓱 다가가서 남자의 배에 묵직한 펀치를 날렸다.

남자는 억 하고 침을 흘리면서 금세 허리를 꺾는다.

"뭐, 뭐 하⋯⋯."

입을 여는 남자의 목덜미를 잡고 근처 화장실 건물로 질질 끌고 들어가서 내동댕이친다.

그리고 네발로 기는 남자의 사타구니를 발끝으로 명중시켰다. 남자는 격한 신음 소리를 내면서 뒹군다.

시게오는 흘러나오는 웃음소리를 꾹꾹 눌러야 했다.

남자의 부스스한 머리카락을 거머쥐고 지독한 암모니아 냄새가 진동하는 화장실 바닥에 그 얼굴을 벅벅 문질렀다.

이어서 귓가에 나직이 말했다.

"야, 노숙자. 너 같은 쓰레기한테 나처럼 제대로 된 사람이 정중하게 말을 걸어줄 때는 말이야, 바닥에 머리를 박고 대답해야 하는 거야. 알겠냐?"

"뭐, 뭐가⋯⋯."

남자는 아직 잘 모르는 듯했다. 시게오는 남자의 얼굴을 두세 번 바닥에 내리친 뒤 다시 질질 끌고 가서 소변기 세 개 중 바닥까지 이어진 가늘고 긴 변기에 처박았다. 그리고 신발로 머리를 짓이기면서 물을 내렸다.

"하지 마, 제발! 하지 마!"

남자는 아까와 달리 딱한 여자 같은 목소리를 내면서 팔굽혀펴기 자세로 죽을힘을 다해 고개를 들려고 한다. 시게오는 일단 다리 힘을 빼서 얼굴을 충분히 들어 올리게 한 다음, 다시 힘껏 짓밟았다. 이마가 변기에 부딪혀 쿵 둔한 소리가 나고, 남자는 더 이상 움직이지 않았다.

"야, 야, 괜찮냐?"

남자는 반응이 없었다. 시게오는 맥이 빠져 혀를 차면서 뒤로 물러섰다.

코피인지 뭔지가 타일에 자국을 만들었는데 그걸 밟은 듯했다. 시게오는 피를 기절한 남자의 바지에 깨끗이 문질러 닦은 뒤 화장실을 나섰다.

잠깐이지만 강렬한 악취 속에 있던 탓인지, 공기가 정말 상쾌하게 느껴졌다.

기분이 좋다. 거리의 쓰레기를 하나 청소해줬으니 주민들도 고마워할 것이다.

이것만으로도 일부러 멀리 온 보람이 있는 듯했다. 하지만 원래 목적은 전혀 이루지 못했다. 마음을 새로이 다지고 다시 오쿠보 주변을 돌아보기로 했다.

새삼 거리를 둘러보았다. 온통 한글 천지라서 어쩐지 기분이 안 좋다. 대체 정부는 무슨 생각으로 이런 거리를 내버려두고 있는 건지 전혀 이해가 안 갔다.

공원 근처에서 노인이 집 앞을 청소하고 있기에 물어보았다. 일찍 일어났지만 초등학생 둘은 보지 못했다는 대답이 돌아왔다. 역시 제대로 된 일본인은 예의 바르다. 시게오는 상냥하게 인사하고 자리를 떴다.

초등학생이 노숙하고 있으면 제법 눈에 띌 것이다. 이만큼 찾아도 목격자가 없다는 건 공원이 아니라는 걸까. 공원이 아니면 대체 어디서 잤을까? 번화가, 혹은 역까지 돌아갔을까? 뭔가 적당히 둘러대서 숙박 시설에 들어간 걸까?

10시가 넘었기에 후지사와 도모키 집에 전화를 걸어본다.

"여보세요."

예상대로 금방 받았다. 도모키 엄마다.

"여보세요. 고스모 아빠입니다만, 번번이 죄송합니다. 혹시 애들이 돌아오지 않았나 해서요. 연락은 없었습니까?"

"고스모 아버님! 아니요. 둘 다 안 돌아왔어요. 하지만 어제 밤늦게 전화는 왔었어요. 착한 사람이 재워주기로 했으니까 걱정 말라고요."

착한 사람, 이라고?

"도쿄입니까?"

"물어도 대답을 안 하더라고요. 하지만, 설마 도쿄는 아니지? 하고 물었더니 아주 당황해서 아니래요. ······역시 도쿄 같아요."

부모를 끝까지 속일 수 있다고 생각하는 게 아직 아이라는 증거다.

순간 부모한테 다 털어놓고 모두 한편이 되어 자신을 속이고 있을 가능성도 머리를 스치고 지나갔다. 하지만 바로 부정했다.

이 여자는 나한테 아무 경계심도 없어. 내 정체를 알고 있다면, 아무리 전화라도 이렇게 자연스럽게 대화 못 하지.

이 여자 말은 사실이야. 그리고 이 여자가 아들이 거짓말을 하고 있다고 말한다면 그 말이 맞을 거고.

분명해. 역시 녀석들은 여기 도쿄에 있어.

"도쿄에 도모키가 아는 사람이 있습니까? 친척이나 전학 간 친구요."

"……먼 친척은 있지만 거의 연락을 안 하고, 도모키는 아마 주소나 전화번호도 모를 거예요. 친구가 전학 갔다는 말도 들은 적이 없고요."

고스모도 물론 의지할 만한 사람은 없을 것이다. 대체 누구 집에 신세 진 걸까?

"아무튼 경시청 지인한테 부탁해두겠습니다. 너무 걱정하지 마시고요."

"……실종 신고, 역시 안 해도 될까요?"

고스모 엄마가 걱정스럽게 물었지만, 시게오는 신고만은 어떡하든 피하고 싶었다.

"괜찮다니까요. 하루 이틀 가출한 걸로는 실종 신고를 해도 경찰은 꿈쩍도 안 합니다. 더구나 '잘 있다'는 전화가 왔잖습니까. 안 받아줄 겁니다. 그보다 개인적인 연줄을 통했을 때 일이 더 커지지도 않고, 쉽게 움직여줄 겁니다."

"하긴, 듣고 보니 그렇네요……."

"계속해서 갈 만한 데를 찾아볼 테니, 어머님도 연락이 오면 바로 알려주셨으면 합니다."

"알겠습니다."

시게오는 전화를 끊고 생각했다.

틀림없이 애들은 곧장 그 주소를 찾아갔어. 그 여자를 만났을까? 못 만났을까? 분명한 건 누군가한테 엄마를 찾는 중이라고 얘기했다는 거야. 그 여자? 그다음에 이사 온 다른 사람? 아니면 집주인? 옆집 사람? ……그게 누구든 간에 녀석들을 동정한 사람이 있다는 거고.

　역시 어떻게 해서든 그 여자 주소를 확인해야 해. 아직 시간이 좀 이르지만, 그 가게에 가서 누군가를 불러내서라도 이름과 주소를 알아내자.

15

　밤에 나루미와 어울려 늦게까지 텔레비전을 보면서 신상 이야기를 들은 탓에 아침에는 다들 10시 넘어서까지 잤다. 도모키와 고스모는 테이블을 치운 거실에 이불을 펴고 같이 잤다. 나루미는 물론 침실 겸 옷방의 침대다.

　창문을 부엌까지 죄다 열어놔서 밤에는 그런대로 바람이 들어왔다. 하지만 9시쯤 되니 역시 더워졌다. 결국 도모키가 견디지 못하고 가장 먼저 일어났다. 그렇다고 마땅히 갈 곳도 없어서 하는 수 없이 부엌에서 세수를 하는데 나루미가 소리를 듣고 휘청휘청 일어나 나왔다.

　"아아, 미안. 수건 필요하지? 이거 써."

　나루미가 수건을 건넸다. 도모키는 배낭에 수건 넣는 걸

깜빡해서 입고 있던 티셔츠 소매로 닦으려던 참이었다. 고맙게 수건을 받아서 닦는다.

칫솔도 역시 가져올 생각을 못 했다. 이를 닦지 않고 자서 입안이 끈적거려 불쾌하다. 자기 전에는 수분을 많이 섭취하지 않으려 하는데 땀을 많이 흘린 탓에 목도 바싹 말랐다. 두세 번 손으로 수돗물을 받아서 입을 헹군 뒤 그대로 꿀꺽꿀꺽 마시는데 나루미가 말렸다.

"수돗물 마시면 안 돼. 생수 있어."

나루미가 컵에 따라준 생수를 벌컥벌컥 마시는데, 고스모도 거기에 이끌리듯 일어나 나왔다.

"……콜라는?"

"콜라 없는데. 빵 사 올 거니까 같이 사 올게. 도모키도 콜라 마셔?"

"네."

하룻밤을 같이 지내면서 도모키도 나루미의 서글서글한 성격에 완전히 마음을 열고 사양하지 않게 되었다.

나루미는 자고 있던 차림 그대로 지갑만 든 채 샌들을 신고 나갔다.

도모키가 문이 닫힐 때까지 나루미 뒷모습을 배웅하는데 고스모가 뜬금없는 소리를 꺼냈다.

"반했냐?"

도모키는 정말 거짓 없이 무슨 뜻인지 전혀 이해가 안 갔다. 하지만 그 말을 듣자 갑자기 가슴이 두근거렸다.

반했다? 난 그 사람을 좋아하는 걸까? 고스모가 안나 선생님을 생각하는 것처럼?

모르겠다.

여자를 '좋아한다'는 감정을 모르는 건 아니었다. '좋아한다'고 느낀 여자아이도 있었다. 체육 시간에 평소와 다른 모습에 두근거리고 저절로 그 아이에게만 눈길이 갔다. 우연히 대화라도 하면 그 자체만으로도 기분이 좋았다. '좋아한다'는 건 그런 거라고 막연히 생각했다. 다른 반이 되어 시간이 흐르자, 별로 생각나지 않았다. 그래도 그것이 '첫사랑'이었을 거다.

나루미한테는 뭔가 다른 감정이었다. 생명의 은인처럼 고맙고, 어른 여자라서 여러 가지 두근거리는 일도 있다. 그런데도 어쩐지 친구처럼 편안한 면도 있다. 나이도 사는 곳도 많이 다르고, 무엇보다 오늘 헤어지면 다시는 볼 일 없는 사람이다. 그런 사람을 '좋아하게' 될 리가 없다, 고 할지, 좋아하게 돼도 의미가 없다.

"나쁘지 않은데? 안나와 비교하면 매력이 부족하지만."

그러면서 고스모는 도모키가 다 마신 컵을 뺏어서 생수를 따라 마신다.

'매력'이라는 게 가슴과 엉덩이가 큰 걸 의미한다면 맞는 말이었다. 안나 선생님에 비하면 너무 말라서 여성스러운 몸매라고 하기 어렵다. 하지만 그 모든 걸 포함해서 도모키는 어쩐지 호감이 갔다.

"……운이 좋았어. 좋은 사람 만나서."

"말 돌리지 말고."

"안 돌려. 좋아, 그 사람."

"헐."

고스모는 방으로 돌아가더니 이불 위에 픽 쓰러졌다. 다시 자려는 듯 보였다. 그런데 나루미가 아침밥을 사 들고 돌아오자, 벌떡 일어나 이불을 개고 테이블을 꺼낸다.

"그래, 고마워. ……먹고 싶은 거 먹어."

나루미가 테이블 위에서 편의점 봉지를 펼쳐놓는다. 편의점 빵 선반에서 종류별로 하나씩 집어 온 게 아닐까 싶을 정도로 양이 많았다. 종류도 제각각으로 조리 빵과 샌드위치가 산더미처럼 들어 있었다. 실제로 한 개는 테이블에서 굴러떨어졌다.

다른 봉지에는 작은 종이 팩에 든 채소주스 세 개와 콜라 두 캔이 있었다. 물론 둘 다 콜라를 골랐다.

"필요 없어? 그러면 난 이거."

나루미는 채소주스와 함께 샌드위치를 먹는다.

도모키와 고스모는 콜라를 벌컥벌컥 마시면서 빵을 네 개씩 먹어치웠다. 배가 부르자, 트림 전쟁이 시작됐다.

"그만 좀 해!"

나루미는 비명을 지르듯 항의하면서도 배꼽 잡고 웃느라 정신이 없었다. 둘은 더욱 신나서 트림을 해댔다. 마지막에는 목이 아플 정도였다.

"……근데 너희들, 오늘은 돌아갈 거지?"

한바탕 웃은 뒤 나루미가 한 말에 도모키는 현실로 돌아 왔다.

돌아가……야만 하나.

도모키는 힐끔 고스모를 쳐다봤다. 고스모도 눈을 내리 깔고 입을 다물고 있었다.

"아빠가 폭력을 휘두르는 건 나쁜 일이야. 그렇다고 해서 초등학생끼리 살아갈 수는 없어. 위험을 느낄 정도면 경찰이 나 학교, 상담소 같은 곳과 의논해봐."

나루미의 말에 도모키는 기쁘면서도 조금 쓸쓸했다. 나 루미가 어젯밤엔 아무 내색 안 했지만 나름대로 진지하게 우 리를 생각해줬구나 하는 생각이 드는 한편, 역시 낯선 아이 둘이 굴러 들어왔으니 귀찮을 거라는 생각이 교차했다.

시게오가 경찰관이고 이미 가이아를 죽였다는 사실은 얘 기하지 않았다. 그러니 이런 반응이 나오는 것도 당연하다.

"엄마를 찾을 단서도 없는 거지?"

그 질문에 도모키는 고개를 끄덕이고 억지로 미소 지었다.

"네, 역시 돌아가야죠. 부모님과도 의논해보고 어떡하든 해볼게요. 정말 고마워요. 재워줘서 고맙습니다."

굳이 자세를 고쳐 앉고 고개를 숙였더니 왠지 눈물이 맺혔다.

그러면서 옆을 힐끔 봤다. 고스모도 웬일로 도모키 흉내를 내서 격식을 차려 머리를 숙이고 있다.

"나루미 누나도 출근해야죠?"

"응, 뭐, 난 저녁때부터 천천히 준비하면 돼. 좀 더 있으려면 있어."

"아니…… 더는 폐를 끼칠 수 없으니까 갈게요. 그치?"

도모키는 곧장 집으로 갈 생각은 없었지만 고스모에게 동의를 구했다.

"아…… 응."

고스모도 아는 것이다. 순순히 고개를 끄덕였다.

"……잘 먹었습니다."

"빵 남은 거 가져가. 배고프면 열차에서 먹어."

나루미는 남은 빵 몇 개를 봉지에 넣어서 도모키에게 준다. 도모키는 그 봉지를 받으면 바로 나가야 할 듯해서 순간 주저했다.

아니다. 이제 나가리라 스스로 결심했다. 도모키는 애써 미소를 지으면서 봉지를 받았다.

"아 참. 휴대전화 번호 알려줄게. 영업용 말고. 친구한테만 가르쳐주는 번호야. 무사히 집에 도착하면 전화해."

휴대전화…….

도모키는 헤어지기 힘들었던 마음이 쑥 가라앉았다.

다시는 만나지 못할 거라 생각했는데 휴대전화 번호를 알면 멀리 있어도 언제든 이야기를 할 수 있다. 어쩌면 만날 수도 있을 것이다.

도모키는 서둘러 휴대전화를 조작해서 적외선 통신을 이용해 나루미 휴대전화 번호와 메일 주소를 교환했다. 휴대전화가 없는 고스모는 한스러운 듯 구경만 하고 끼어들지는 않았다.

"메일 보내면 답장해라."

"……네."

도모키는 나루미가 명령처럼 말해서 기뻤다.

16

시게오는 가부키초로 어슬렁어슬렁 돌아와서 우선 그 한
국 펍이 있는 건물 앞에 멈춰 섰다. 그리고 가게 이름 '프리
티'와 주변 분위기가 자신의 기억과 일치하는지 다시 확인한
뒤 어두컴컴한 건물로 들어갔다.

영업시간이 되면 도로에 내놓는 듯한 네온 간판이 통로
에 대형 쓰레기처럼 놓여 있다. 시게오는 몸을 옆으로 틀어
안으로 들어갔고 엘리베이터를 발견했다. 다섯 명쯤 타면 꽉
찰 정도의 작은 상자에 올라탄 뒤 3층 버튼을 누른다.

문이 열리자 갈 곳 없는 밀실 같은 장소가 나타났다. 시
게오는 잘못 내렸나 싶어서 깜짝 놀랐지만, 이내 방화문 같은
게 닫혀 있을 뿐이라는 걸 알았다. 이 문을 열면 바로 가게였

던 듯하다.

반원형 손잡이를 잡고 돌려봤지만 잠겼는지 열리지 않는다.

젠장.

홧김에 방화문을 쿵쿵 발로 찬 다음 잠시 반응을 살핀다.

험상궂게 생긴 남자가 화를 내며 나타나지 않을까 내심 기대했지만, 발소리 하나 들리지 않는다.

어쩔 수 없다고 생각하다가 벽 구석에서 '불씨 취급 책임자' 스티커를 발견했다. 휴대전화를 꺼내 거기 적힌 번호로 전화를 걸었다. 03으로 시작하는 유선전화 번호가 아니고 분명히 휴대전화 번호다. 오히려 연결될 확률이 높다.

이런 작은 건물은 얼마 전 신주쿠에서 발생한 대형 화재 이후로 단속도 엄해졌을 터다. 건물 전체의 방화 관리자와는 별도로 세입자별로 책임자가 있어서 일단 명목상으로는 방화 관리자를 보좌한다.

통화 연결음이 열 번은 울렸다. 열 번이 넘어가면 그 순간 시게오는 화가 난다. 유선전화라면 근처에 없는 거라 판단하고 단념한다. 하지만 휴대전화는 음성사서함으로 연결될 때까지 울려서 분노 지수는 기하급수적으로 올라간다.

열아홉 번째 울렸을 때 졸린 목소리가 받았다.

"흐암. ……누구야?"

시게오는 화를 꾹 억누르고, 사무적이면서도 조금 고압적인 목소리를 연출했다.

"여기 신주쿠서입니다. '프리티' 불씨 취급 책임자, 그러니까…… 다나카 다쓰오 씨 되십니까?"

"히익."

상대가 숨을 들이쉬면서 목소리를 냈는지, 이상한 소리가 들린다.

"신주쿠……서? 무슨 일 있었습니까?"

"그쪽 가게에 방재상 문제가 좀 있다는 신고가 들어왔습니다. 점장님 되십니까? 아니면 사장님?"

"……점장입니다."

가게에 대해 잘 모르는 사장보다 점장이 낫다. 그런데 한국 펍 점장이 일본인일까? 아니면 단지 일본 이름을 쓰는 한국인일까. 어느 쪽이든 간에 별 볼 일 없는 녀석이라는 건 아주 잘 알고 있지만.

"바로 오셔서 확인 부탁합니다."

"엣, 지금……요?"

"강제집행에 들어가면 문을 부수는데 괜찮으시겠습니까?"

물론 단순 신고로 절대 있을 수 없는 일이고, 애당초 느닷없이 경찰이 등장할 근거도 없다. 하지만 털면 먼지가 나올

업장 측은 패닉 상태라서 거기까지 생각이 미칠 리 없다.

"네네, 알겠습니다! 바로 갈 테니 15분만 기다려주세요."

남자가 대답했다. 시게오는 10분 내로 와, 라고 하려다가 참았다.

"건물 앞에서 기다리겠습니다."

대답도 듣기 전에 이쪽에서 먼저 끊고, 내내 3층에 멈춰 있던 엘리베이터에 올라타 내려간다.

아직 점심시간 전이다. 조금 있으면 점심을 먹으려는 사람들이 나오겠지만, 지금은 사람들이 드문드문 있었다. 운 좋게 아이들이 지나가지 않을지 목을 이리저리 빼보지만, 초등학생 정도 되는 애들은 코빼기도 안 보인다.

15분이라고 했는데 점장 같은 남자가 종종걸음으로 나타난 건 20분이 훨씬 지나서였다. 시게오의 분노도 상당한 수준까지 올라가 있었다.

하얀 마 정장에 모자를 쓰고 시대착오적인 차림을 한 통통한 남자는 대략 마흔 전후 되어 보였다. 종종걸음으로 나타난 남자는 건물 앞에서 떡하니 버티고 있는 시게오를 유심히 보며 속도를 늦춘다. 몹시 서두른 듯하다. 폭포 같은 땀을 흘리면서 쉴 새 없이 부채질을 하고 있다.

"어, 그러니까, 신주쿠서……에서 오신 분?"

"그래."

시게오는 일부러 화난 기색을 숨기지 않고, 주머니에서 꺼낸 신분증을 들이밀었다가 바로 거두었다.

"형사님…… 아니시죠?"

"형사면 어떻고, 아니면 뭐?"

굳이 부정하지 않은지라 상대는 이쪽을 형사라고 믿은 듯했다. 그래도 상관없다.

"그…… 방재상…… 문제? 였나요? 그게 도대체 무슨 말……."

"아무튼 가게 문을 열고 내부를 보여주시겠습니까?"

시게오는 대답도 기다리지 않고 엘리베이터로 향했다. 점장은 당황한 모습으로 시게오를 앞서가더니 엘리베이터 버튼을 눌러 문을 열었다.

좁다랗고 긴 가게는 불을 켜자 시게오가 기억하는 모습과 거의 흡사했다. 비슷하기만 한 게 아니었다. 기억났다. 가장 안쪽의 저 자리에 앉았었다. 김……. 그래, 틀림없이 김이라는 여자였다. 예명인지 본명인지는 모르겠지만.

"종업원 명부는 있나? 사진이랑 같이…… 있는 거."

"명부요? 방재와 무슨 관계……."

"명부가 있냐고 묻잖아. 들었으면 갖고 와."

시게오가 찌릿 노려봤다. 점장은 입을 다물고 가게 안쪽의 'office'라고 적힌 문 너머로 사라졌다.

잠시 후 점장은 검은 바인더를 들고 돌아왔다. 그런데 시게오가 손을 내밀어도 바인더를 꽉 붙들고 주지 않는다.

"……죄송하지만, 한 번 더 신분증을 보여주시겠습니까?"

"뭐? 뭔 소리야."

시게오는 딴청 부리면서 어떻게 빠져나갈지 필사적으로 머리를 굴렸다. 자, 어떡하나.

"방재 문제라는 건 거짓말이죠? 알고 싶은 게 뭡니까? 정말 형사님 맞습니까?"

점장은 가게 여자들을 지키려는 의도인지, 바인더를 몸 앞에서 꽉 붙들고 있다. 하지만 시게오가 노려보자 겁먹은 듯 시선을 내린다. 기가 죽었군. 당장이라도 오줌 지리겠어.

이 녀석을 후려갈겨서 바인더를 빼앗는 건 일도 아니다. 하지만 이런 물장사하는 인간들이 야쿠자나 외국인 조직과 연결되어 있지 않을 리 없다. 괜한 원한을 사는 것도 좋은 방법은 아니다.

시게오는 휴, 긴장을 풀듯 숨을 내쉬고 고개를 저었다.

"……예리하시군요. 말씀하신 대로 방재상 어쩌고 하는 건 거짓말입니다. 죄송합니다. 사실 신주쿠서에서 나온 게 아닙니다."

"뭐!"

순간 점장의 표정이 바뀌고, 시게오가 재빨리 아까 그 신분증을 들이민다. 진짜라는 건 확신해도 계급이나 근무지까지는 읽지 못하도록 흔들면서 집중하지 못하게 눈을 보며 얘기한다.

"경찰이라는 건 사실입니다. 어떤 사건을 수사 중인데 여기에 근무하는 걸로 추정되는…… 적어도 전에 근무했던 한 여자를 찾고 있습니다. 경계하실까 봐 거짓말 좀 했습니다. 죄송합니다."

"종업원……. 우리 애들 중 누군가가 뭔 짓을 저질렀다는 겁니까?"

"그걸 조사하고 싶은데, 전혀 관계없을 가능성도 높습니다. 그쪽도 아무 상관 없는 일로 이상한 소문이 나면 영업에 지장이 생기지 않겠습니까? 그래서 사건 수사라는 걸 안 밝히려고 했던 겁니다. 다 노파심이었지만."

점장은 여전히 의혹의 눈길을 보내지만 '영업에 지장이 생긴다'는 말에는 분명히 반응을 보였다. 입술을 핥으면서 생각에 잠기더니 이내 체념한 듯 바인더를 내밀었다.

"여기요."

"……감사합니다."

시게오는 일단 인사는 건넸지만, 바인더를 빼앗듯 받

왔다. 그리고 선 채로 펼쳐 들고 커다란 사진과 함께 프로필이 적힌 페이지를 팔랑팔랑 넘겼다. 얼굴과 이름, 얼굴과 이름, 그것만 확인한다. '예명'이라는 시스템은 없는 듯하다. 모두 본명 같은 이름만 하나 적혀 있을 뿐이다.

'김'이라는 사람이 몇 명 있었지만, 얼굴이 긴가민가하다. 그러면 나이와 이력서 날짜를 보고 아니라고 판단했다. 모두 최근에 근무하기 시작한 여자들뿐이다.

넘기던 중에 나중에 들어온 사람이 앞쪽에 있다는 걸 깨달았다. 맨 뒤부터 보기로 했다.

그러자 바로 눈에 들어온 여자 얼굴에 기억이 되살아난다. 이 여자다. 이름을 확인하자 '김나루미'라고 쓰여 있었다. 틀림없다.

"……나루미는 여기서 일한 지 꽤 오래됐는데 아주 착합니다. 나쁜 짓을 할 리가 없어요."

점장은 시게오가 유심히 보는 페이지를 옆에서 들여다보더니 놀란 듯 입을 열었다.

"……이 여자가 범인이라고 한 적 없습니다. 나쁜 남자한테 이용당했을 가능성도 있고요. '아주 착한 사람'이라는 건 충분히 의심의 여지가 있습니다. 이용당하기 쉽다는 거기도 하고요."

시게오는 대충 그럴싸한 말을 늘어놓으며 주머니에서 수

첩을 꺼내 거기에 적힌 주소와 전화번호를 휘갈겨 썼다. 한자는 나중에 보면 거의 못 읽을 듯하지만, 기억하는 데는 도움이 된다. 여자를 찾을 때까지라면 충분하다.

오쿠보 주소는 분명 낯이 익다. 가게를 옮기지 않았을 뿐 아니라, 집도 그대로라는 건 이런 물장사를 오래 해도 형편이 나아지지 않았다는 걸까.

"지금도 여기 사는 거죠? 이사도 안 하고."

"……어…… 네, 이사했다는 말은 못 들었습니다. 여기서도 가깝고 편하다고."

점장이 대답했다. 시게오는 용무가 끝난 바인더를 돌려주면서 말했다.

"협조해주셔서 감사합니다."

얼른 가게를 나서려는데 점장이 불러 세웠다.

"저, 저기. 근데 어떤 사건이죠?"

그 질문에 시게오는 자연스럽게 미소를 지었다.

"죄송합니다. 말씀드릴 수 없습니다. 점장님도 이 일은 부디 비밀로 해주셨으면 합니다."

17

도모키와 고스모는 나루미 아파트에서 나와 가부키초를
향해 천천히 걷기 시작했다. 도모키는 그 인간이 기다리는 곳
으로 돌아가야 하는 상황이고, 착한 나루미와 헤어지는 것도
역시 마음이 편하지 않았다. 역까지라도 데려다주면 조금은
안심이 되겠지만, 이제 출근해야 한다는 나루미한테 차마 부
탁할 수 없었다. 1킬로미터쯤 왔던 길을 돌아가기만 하면 되
니까 평소라면 아무렇지 않을 거다. 그런데 지금 걷는 1킬
로미터는 도모키와 고스모, 둘한테는 한없이 길게 느껴진다.

그래도 따뜻한 인정을 접한 덕인지, 신주쿠 거리가 어제
만큼 무서워 보이지 않았다. 이른 시간이라 이상한 호객 행위
도 없고 질이 나빠 보이는 젊은 사람들도 보이지 않는다.

여하튼 이런 곳은 얼른 빠져나가서 열차를 타자. 도모키가 성큼성큼 신주쿠역을 향하는데 고스모 발소리가 갑자기 그쳤다.

"왜?"

도모키가 돌아보자, 고스모가 흠칫 놀란 표정으로 뭔가를 보고 있었다. 대답이 없어서 고스모의 시선이 향하는 곳을 보았지만, 네온사인이 꺼져서 무슨 가게인지 잘 알 수 없는 건물들만 있을 뿐이다.

"……아냐, 아무것도."

고스모는 도모키를 앞질러서 빠르게 걷기 시작했다. 하지만 얼굴은 파랗게 질려 있다.

"잠깐. '뭔가' 본 거 아냐?"

"……."

도모키는 고스모가 본 것이 '뭔가'가 아니라, '누군가'라는 걸 퍼뜩 깨달았다.

"야, 설마…… 그 인간……은 아니지?"

"아냐. 절대 아냐."

그러면서 고스모의 발걸음은 점점 빨라져 마치 경주하는 것처럼 됐다.

"잠깐만. 그 인간이 아니면 허둥거릴 필요 없잖아!"

도모키는 고스모 어깨를 붙잡고 억지로 돌려세웠다.

고스모가 발끈해서 때릴 줄 알았는데 잠시 경직된 듯 가만히 뭔가를 생각하는 모습이었다.

"……맞아. 그 인간일 리가 없으니까 허둥거릴 거 없어. 그래. 절대 아냐……."

중얼거리면서 다시 걷기 시작한다. 그런데 입 밖으로 내뱉는 말과 다르게 걸음은 조금씩 빨라지는 듯했다.

도모키는 고스모를 쫓아가면서도 뒤가 신경 쓰이는 듯 가끔 돌아보며 역시 발걸음을 재촉한다.

시게오가 신주쿠에? 그럴 리가 없어. 여기 온 걸 알 리가 없으니까. 혹시 뭔가 알 방법이 있나?

엄마한테는 '도쿄가 아니'라고 거짓말했지만, 다 알았던 걸까. 아무리 그래도 도쿄가 얼마나 넓은데. 우연히 신주쿠에 올 리가 없어.

아니야. 지금 무슨 생각 하는 거지. 그 인간이 나루미 누나한테 주소를 쓰게 해서 보낸 거잖아. 도쿄에 간 걸 알면 당연히 고스모 엄마한테 갔다고 생각하겠지.

도모키는 몸을 떨었다.

조금 전에 고스모가 잘못 봤든 아니든 상관없다. 그 인간은 우리가 어디에 있는지 분명히 다 안다.

둘은 서로 경쟁하듯 속도를 높였다. 고스모가 뛰는 걸 보고 결국 도모키도 따라 뛰기 시작했다.

이제 아무 생각도 못 하겠어. 머릿속이 온통 공포로 꽉 찼어. 당장이라도 동네를 빠져나가야 해. 아니면 그 인간한테 잡혀. 도모키는 오로지 그런 생각뿐이었다.

그대로 정신없이 매표소에 도착했다. 생각보다 줄지 않은 돈으로 표를 사면서 둘은 두리번두리번 주변 사람들을 살피며 시게오의 그림자에 떨었다.

몇 번 선을 타는지도 확인 안 하고, 아무튼 근처 개찰구를 빠져나가서야 비로소 안심했다.

됐어. 일단은.

머리 한구석에서는 실제로는 그럴 리가 없다고 생각하면서도 마음은 놓였다. 둘 다 완전히 지쳐서 지하 중앙 홀의 커다란 기둥 바닥에 기대어 한동안 헉헉거렸다. 땀을 닦을 기운도 없었다. 주변을 오가는 어른들이 힐끔거리기는 해도 특별히 말을 건네지도 않고 종종걸음으로 지나갈 뿐이다.

"……저기. 아까 그 인간, 맞지?"

도모키는 가까스로 진정된 뒤 물었다.

고스모가 고개를 젓자, 흠뻑 젖은 머리카락 끝에서 땀방울이 흩뿌려진다.

"몰라. 닮았는데 뒷모습만 봐서. 옷이, 왠지 낯이 익었는데 그런 거 입은 사람은 많으니까."

뒷모습만……. 하긴 애매하긴 하지만 차라리 진짜 시게

216

오인 편이 더 좋은 게 아닐까. 갑자기 눈앞에 나타나는 일은 없다는 거니까.

"분명 그 인간 맞을 거야. 이 틈에 빨리 돌아가자. 열심히 도쿄에서 찾아다니라지. 그동안은 우리도 안심이야."

"······그렇구나. 그래."

고스모 얼굴이 겨우 조금 누그러졌다. 역시 잘못 봤다는 생각은 안 했던 거다.

도모키도 이럭저럭 일어설 기운을 되찾았다. 사람들이 맞거울처럼 끝없이 이어진 듯한 중앙 홀을 오가는 가운데 간신히 승강장을 찾았다. 고스모를 재촉한다.

"저쪽이야. 얼른 타자."

휘청거리며 일어난 고스모 등을 밀듯이 계단을 올라가 도쿄역에서 갈아탄다. 마침내 한시름 놓는다. 플랫폼에 도착해서 운 좋게도 출발 직전의 열차에 뛰어오를 수 있었다.

창밖 거리가 움직이기 시작하자 도모키는 느닷없이 감상적인 기분에 빠졌다.

이 거리에 다시는 올 일이 없고, 나루미도 다시는 못 만날 듯한 기분이 들었다.

아니, 그런 일은 없어. 나루미 누나 연락처는 분명히 여기 있고, 초등학생도 갈 수 있으니까(말없이 간 건 칭찬받을 일은 아니지만) 중학생이나 더 어른이 되면 몇 번이라도 갈 수 있어. 오히려 나루미 누나가 놀러 와줄지도 몰라.

열차에 탔다고 문자를 보낼까도 싶었지만 헤어진 지 아직 한 시간도 지나지 않은 걸 깨닫고 참기로 했다. 마침 출근 준비를 하고 있을 테고, 문자를 보낸다면 무사히 집에 도착한 다음에 하는 편이 낫다.

도모키는 몸을 한 번 부르르 떨었다.

춥다.

열차 안은 냉방이 강해서 땀투성이가 됐던 몸이 순식간에 식었다. 나루미가 "여분이 있으니까" 하고 준 수건으로 땀을 닦아도 셔츠가 물을 머금은 듯 젖어서 어쩔 도리가 없다. 주변을 둘러보고 사람들 눈이 많지 않다고 판단한 뒤 배낭에서 어제 입은 티셔츠를 꺼내서 재빨리 갈아입었다. 그러자 조금 나아졌다.

흠뻑 젖은 티셔츠를 어디선가 짜고 싶었지만, 이 열차에는 화장실이 없었다. 난감해하는데 고스모가 벌떡 일어나 티셔츠를 벗는가 싶더니 창문을 열고 팔을 내밀어 걸레처럼 힘껏 쥐어짰다. 땀방울이 바람에 기세 좋게 뒤편으로 날아가서 옆 칸과 더 먼 창문까지 소나기처럼 후두두 두드렸다. 승객들이 깜짝 놀라 이쪽을 쳐다보았다.

고스모는 상의를 벗은 채 한순간 멍하니 있다가 허둥지둥 의자와 의자 사이에 웅크리고 앉아 입을 틀어막고 웃기 시작했다.

"바보야, 빨리 옷 입어!"

도모키는 누군가한테 혼나는 게 아닌가 싶어서 허둥지
둥 배낭을 열고 고스모에게 티셔츠를 하나 꺼내줬다. 솔직히
고스모에게 빌려주기 싫었지만—특히 이렇게 땀범벅일 때
는—하는 수 없다. 쥐어짰다고 하지만 전혀 마르지 않은 티
셔츠를 다시 입으라고 하는 건 아무리 그래도 가혹하다.

다행히 티셔츠가 조금 낙낙한 것이라서 고스모가 입어도
별로 꽉 끼지 않았다. 승객들은 분명히 어이가 없겠지만 아이
가 한 짓이라서 드러내놓고 야단치는 사람은 없었다.

고스모가 시트 위에서 웅크린 채 쿡쿡 웃는 걸 보니 도모
키도 왠지 우스워졌다.

"야…… 후후……. 언제까지 웃고 있을 거야……. 쿡쿡
쿡……."

도모키는 고스모 어깨를 주먹으로 찌르면서 속삭였다.
말은 그렇게 하면서도 웃음을 참을 수 없었다.

둘은 쿡쿡 웃으면서 서로 주먹을 주거니 받거니 하다가
문자 수신음에 동작을 멈췄다.

도모키가 서둘러 휴대전화를 꺼냈다. 설마 했던 이름이
표시되어 있었다.

"나루미 누나야."

"정말?"

고스모는 도모키 옆으로 몸을 비집듯 와서 휴대전화 화면을 같이 들여다본다.

문자를 열자, '어디야? 혹시 아직 신주쿠면 차 한잔 살까 해서'라고 쓰여 있었다.

의외로 준비가 빨리 끝났나? 아니면 마음을 써준 걸까? 괜히 서둘러 열차를 탔다는 생각에 후회됐지만, 이제 어쩔 수 없다. 이럴 거면 더 일찍 말해주면 좋았을 텐데.

하지만 시게오가 신주쿠에 와 있다면 아슬아슬했다. 역시 어쩔 수 없었다고 생각을 고쳐먹고 답장을 썼다.

'고마워요. 하지만 아까 열차 탔어요. 도착하면 연락할게요. 정말 고마웠어요. 또 만나러 올게요. 나루미 누나도 우리 동네 오면 안내할게요. 신세 많이 졌어요.'

옆에서 고스모가 참견("좋아한다고 써", "다음에 그거 하게 해주세요!")하는 걸 귀를 막아가며 생각하고 생각한 끝에 써서 보냈다.

***

시게오는 후지사와 도모키의 답신을 확인하고 혀를 찼다. 다시 불러들였으면 얘기는 간단했을 텐데.

김나루미의 휴대전화를 닫고 다다미 위에 내던졌다.

나루미는 온 얼굴이 보라색으로 퉁퉁 부어서 원래 모습을 알아보지 못할 정도다. 시게오는 쓰러진 나루미를 증오에 찬 시선으로 내려다보고 옆구리를 가볍게 찼다. 아무 반응이 없다.

죽었나?

그러거나 말거나. 이런 물장사하는 외국인이 한 명 죽었기로서니 누가 신경 쓴다고. 나랑 아무 이해관계가 없는데 수사가 미칠 리도 없고.

그렇게 생각하면서 일단 시게오는 다시 휴대전화를 주워 들고 잠깐 생각한 다음 발신 문자와 수신 문자를 삭제했다. 그리고 옆에 있는 휴지로 꼼꼼하게 휴대전화 전체와 버튼을 닦은 뒤 테이블 위에 얌전히 놔뒀다.

섣불리 망가뜨리거나 가져가면 오히려 주의를 끈다. 자연스럽게 놔두는 편이 좋다.

그렇게 판단한 다음 취한 행동이었다.

휘익 둘러보고 이곳에 온 뒤 만진 것들을 떠올린다.

문은 나루미가 열었으니 바깥 손잡이는 만지지 않았다. 억지로 밀고 들어가서 팔을 뒤로 돌려 문을 닫고 잠갔다.

시게오는 현관문 안쪽 손잡이와 잠금장치를 닦았다.

다음으로 항의하는 나루미의 배를 걷어찼다. 입을 다물게 하려면 얼굴을 가격하는 것보다 이쪽이 더 좋다. 소리도 못 지르게 되기 때문이다.

배를 움켜쥐고 웅크린 나루미의 말총머리를 잡아당겨 얼굴만 위로 향하게 했다.

나루미의 머리를 고정한 고무 밴드를 힐끗 보고 지문 검출은 어려울 거라 판단했다. 그대로 둬도 상관없다.

신발을 벗고 들어가서 얼굴을 집중적으로 때렸다. 여자가 말을 잘 듣게 하려면 역시 얼굴이 좋다. 그런데 어젯밤 아이 둘을 재워주고, 조금 전에 떠났다는 얘기만 듣는 데도 10분 넘게 걸렸다. 이렇게까지 버티는 여자는 본 적이 없다. 욕보일까 하는 생각도 들었지만, 기분이 영 아니었다.

때릴 때는 방에 있던 브래지어를 주먹에 감았기 때문에 조금 얼얼하지만 다치지는 않았다. 하얗던 브래지어가 여자의 피로 물들어 연지색이 되었을 뿐이다. 역시 지문을 채취하기는 어렵겠지만, 꼼꼼하게 조사하면 어떨지 모르겠다. 잠시 생각한 뒤 부엌에 있던 슈퍼마켓 봉지에 넣어서 가지고 가기로 했다. 어딘가 적당히 버리면 된다.

이제 됐다. 더 이상 아무것도 안 만졌다.

여자는 아까부터 꿈쩍도 하지 않는다.

이럴 의도는 없었지만 하는 수 없다. 분명히 녀석들한테 내 얘기도 나불거렸을 것이다. 자업자득이다.

침을 뱉으려다가 관뒀다. 유전자 감식을 할지도 모른다.

현관문 너머로 인기척이 없는지 살핀 뒤 괜찮다고 판단했다. 재빨리 밖으로 빠져나가서 자연스러운 발걸음으로 건물을 나섰다. 가부키초 근처에는 CCTV가 많을 것이다. 최대한 얼굴을 숙인 채로 길을 멀리 돌아서 신주쿠역으로 향했다.

고스모 때문에 생각지 못한 일이 벌어졌다. 아무리 벌을 줘도 용서가 안 된다.

언젠가 반드시 죽이고 만다.

모든 일들이 정리되고 그 집과 시체를 어떻게든 처분하고 나면 그때는 고스모도 죽이고, 혼자 어딘가 다른 곳으로 가자. 다시 태어나는 것이다. 그런 녀석들 때문에 인생을 망칠 수는 없다.

이 모든 게 마스미 탓이다.

시게오는 아이들 엄마인 마스미를 떠올렸다. 아주 불쾌했다.

난 정말 지지리 복도 없는 남자다. 더 좋은 여자와 결혼할 기회가 얼마든지 있었는데 고스모가 생기면서 결혼하게 되었다. 집에 있는 여자는 누구나 다 거기서 거기라고 생각했다. 그렇게까지 기분을 어둡고 우울하게 만드는 여자일 줄은 생각도 하지 못했다.

얼굴을 보면 손이 올라간다. 쓰러져서 원망스러운 눈으로 올려다보면 발이 올라간다. 그런 여자였다. 그날, 아까 그 여자처럼 움직이지 않게 된 마스미. 그럴 의도는 없었지만 다른 때보다 힘이 좀 더 들어갔던 걸까. 살아 있을 때도 짜증 나게 하더니 그 여자는 죽어서도 나를 더 그 집에 묶어놓았다.

그리고 고스모와 가이아도 마스미와 같은 눈을 갖고 있다. 우둔하고 비굴한 눈. 정말 그 녀석들은 내 피를 물려받긴 한 걸까.

날마다 그 녀석들을 때리다 보니 언제부터인지 습관이 됐다. 말하자면 그 녀석들이 지금의 나를 키웠다. 이제 와 바꿀 생각도 없지만.

아아, 왜 나는 이리도 지지리 복이 없을까.

시게오는 진심으로 그렇게 생각하면서 10분이면 가는 거리를 30분 넘게 걸려 신주쿠역에 도착했다.

나도 헛걸음쳤지만 그건 녀석들도 마찬가지다. 도망칠 데라곤 어디에도 없다는 걸 뼈저리게 깨달았을 것이다.

18

시게오로부터 아슬아슬하게 도망쳤다는 흥분 때문인지, 둘은 잠시 동안 이상하리만치 기분이 고양되어 있었다. 하지만 냉정하게 이제 어떻게 할지 생각하자 도모키는 희망 따위는 전혀 없다는 걸 깨닫고 있었다.

유일한 희망이었던 고스모 엄마의 엽서는 가짜였다. 그동안 줄곧 시게오한테 속고 있었다. 즉 고스모 엄마가 아이들을 놔두고 집을 나갔다는 이야기 자체를 믿을 수 없게 됐다는 의미다.

아무리 생각하지 않으려고 해도 자꾸 그쪽으로 돌아온다.

고스모는 한가하게 강아지처럼 웅크리고 자리에서 자고

있다.

만약…… 만약 정말로 고스모 엄마가 본인 의지로 집을 나갔다면, 시게오가 그런 엽서를 꾸며낼 이유가 있었을까.

없다. 의미 없는 행동이고, 만약 고스모 엄마가 돌아오거나 연락하면 금방 들통날 거짓말이다. 엽서 한 장 때문에 일부러 도쿄까지 가서 처음 본 호스티스에게 돈까지 지불한다? 분명히 이상한 이야기다.

그런데 고스모 엄마가 돌아오는 일은 없고, 연락도 없을 거라는 걸 알고 있다면 이야기는 달라진다.

아마도 고스모 엄마는 이미 이 세상 사람이 아닐 것이다.

도모키는 계속 자는 고스모를 바라보면서 확신했다.

그리고 엄마가 죽었는데 그 인간이 그 사실을 숨기려 한다는 건, 즉……. 도모키는 마음속으로 외치고 싶은 충동을 꾹 참으면서 생각을 이어갔다.

그 인간이 고스모 엄마를 죽였다는 것이다.

그렇게 머릿속에서 명확하게 정리하고 나니, 영문을 알 수 없는 감정이 솟구쳐 눈물이 나오려고 했다.

고스모에 대한 연민, 시게오에 대한 더 큰 공포, 그리고 이상하게도 일종의 체념 비슷한, 안심되는 기분도 있었다.

고스모 엄마는 죽었다. 고스모를 구해줄 사람은 이제 어디에도 없다.

유일한 혈육이 그런 괴물이다. 설령 그 녀석에게서 완전히 도망쳤다고 해도 고스모는 '천애 고아'가 된다.

고스모는 이미 이 사실을 알아챘을까? 남인 나도 생각하고 싶지 않았던 일이다. 외면해도 이상하지 않다.

앞으로 어떻게 할지 생각하려면 피할 수 없는 이야기이다. 아무리 괴롭더라도. 존재하지 않는 엄마를 찾아서 여기저기 끌려다닐 수는 없다.

그런데 지금 눈앞에 닥친 문제는 어떻게 해야 할까? 역시 경찰에 도움을 요청하는 것 말고는 방법이 없다. 그리고 그 녀석 집을 조사해달라고 하는 거다. 고스모가 가지고 있는 엽서를 보여주며 나루미 누나와의 경위를 얘기하고, 사실 엄마는 행방불명됐다고 알리면 아무리 그 인간이 경찰이라도 전혀 의심을 안 받을 수는 없을 것이다. 그렇게 해서 가이아의 시체가 발견되면 그 인간은 교도소행이다. 안 그러면 우리는 평생 두 다리 쭉 뻗고 잠도 못 잔다.

그때 열차는 넓은 강을 건너는 다리에 들어섰다. 소리가 바뀌어서 그런지, 도모키의 시선을 알아챘는지, 마침내 고스모가 눈을 떴다. 몸 여기저기 뚜걱뚜걱 소리를 내면서 일어나 앉아 늘어지게 하품한다.

"……나 많이 잤어?"

"계속 잤잖아! 거의 다 왔어."

어이가 없었다. 사실 도모키도 잠깐 눈을 붙였다. 조금 일찍 눈을 떴을 뿐이다.

"저기…… 내 생각인데……."

"어?"

고스모는 얘기를 하고 싶지 않은 건지, 창밖만 쳐다보며 건성으로 대답한다.

"역시 경찰한테 가야 하는 게 아닐까 싶어. 우리 동네가 싫으면 어디 다른 경찰서도 좋고. 그 인간이 아는 사람이 없는 곳으로."

"안 돼."

고스모는 이쪽은 쳐다보지도 않고 반대했다.

"왜! 그러면 이제 어쩔 건데! 우리 집에 가도 부모님한테 설명해야 해. 돈까지 훔쳐서 외박했는데 설명해야 집에 들어가지. 그러면 어차피 경찰 불러야 해. 네가 집에 안 돌아가면 그 인간은 분명히 우리 집에 찾아올 테니까 나뿐 아니라 우리 부모님도 휘말리게 된다고!"

"아니, 절대 안 돼. 그 인간이 어떻게 손을 쓸지 몰라."

"……그래도 그 엽서를 보여주면 이해할 거야."

"엽서? 왜?"

도모키는 조금 망설였지만 일단 납득시키는 게 우선이라는 생각에 결심했다.

"엽서는 그 인간이 나루미 누나한테 시켜서 쓴 가짜였어. 그렇지?"

"……그래. 그래서 뭐?"

"왜 그런 짓을 했을까?"

"몰라! 그 인간이 하는 짓을 내가 어떻게 아냐!"

고스모 목소리가 커졌다. 도모키는 몸을 내밀어 주변을 둘러보고 목소리를 낮췄다.

"잘 생각해봐. 그 인간은 일부러 도쿄까지 가서 나루미 누나한테 돈까지 주고 그걸 써 부치게 했어. 왜 그렇게 귀찮은 일을 했을까?"

"……."

여전히 고스모는 고개를 돌리고 있지만 귀는 기울이고 있다. 도모키는 말을 이었다.

"네 엄마가 정말 건강하게 살아 계시다는 걸 모두 믿게 하고 싶어서지."

고스모는 흠칫 놀란 표정이 된다.

"뭔 소리야? 그야 엄마는 어딘가 있겠지."

"……만약 어디선가 건강하게 계신다면 이런 걸 보낼 필요가 없지 않아?"

"뭔 소리야!"

고스모는 자리에서 일어나 도모키 목을 누르며 좌석 등

받이에 밀어붙였다.

전에도 가벼운 장난처럼 목을 죄는 일은 있었지만, 이번 만큼은 온 힘을 다하는 듯했다.

"……숨 막혀……. 그만해……. 제발 그만……."

"너, 설마 엄마가……."

그렇게 말하던 고스모의 손이 느슨해졌다. 도모키가 그 손을 뿌리친 뒤 고스모를 밀쳐내자 그는 좌석에 픽 쓰러진다. 화를 내며 다시 달려들 줄 알았는데 멍하니 자리에 계속 앉아 있었다.

"엄마는…… 죽은 거야?"

고스모가 경악해 눈이 휘둥그레졌다. 막상 그렇게 물어 보자, 도모키는 대답하기 곤란했다.

"그야, 그렇게 생각할 수밖에……."

"엄마는 우릴 버리고 도망친 게 아니라…… 그 인간이 죽 였다?"

"아, 응……. 그런 게 아닐까 하고……."

고스모의 공허한 표정에 생기가 돌아오는가 싶더니, 순 식간에 얼굴이 빨갛게 물들었다. 도모키는 사람 얼굴이 이렇 게 검붉게 물들 수 있다는 사실을 새삼 깨달았다.

"그 자식!"

고스모는 소리 지르면서 주먹으로 팔걸이를 내리친다.

분명히 아플 텐데 몇 번이나 반복한다.

"그 인간이! 엄마를!"

"조, 조용히 해! 진정하고!"

도모키는 발을 구르며 팔을 휘두르는 고스모를 붙잡고 좌석에서 꼼짝 못 하게 했다. 한동안 고스모는 짐승처럼 신음하면서 바둥거렸지만 이내 얌전해졌다. 그러더니 도모키한테 매달려 오열하기 시작했다.

도모키는 고스모의 눈물을 보는 날이 오리라곤 상상조차 해본 적 없었다. 하물며 고스모를 위로하는 건 있을 수 없는 일이었다. 하지만 당혹스러워하면서도 주춤주춤 팔을 뻗어 자신에게 매달리는 고스모의 머리를 토닥거렸다.

나도 만약 엄마가 살해되는 일이 있으면 울부짖을 것이다. 그렇게 입장을 바꿔서 생각해도 눈물이 흘렀다.

초등학생이 이 상황을 어떻게 견딜 수 있을까. 아빠 손에 동생이 살해당하고, 집을 나간 줄 알았던 엄마도 살해됐다는 걸 알게 되다니.

5분쯤 시간이 지났을까.

이윽고 고스모는 진정된 듯했다. 창피한지 도모키에게서 떨어져 티셔츠 소매로 눈물과 콧물을 닦았다.

"……흥, 내 꼴 우습지. 웃어도 돼. ……나도…… 나도, 어쩌면 그럴지도 모른다고 생각했어. 근데…… 에이 씨. 이제 모르겠어. 나보고 어쩌라고…….”

“그러니까, 경찰서 가자.”

“……그건 안 된다니까!”

끝까지 그건 양보할 수 없는 모양이다.

하는 수 없이 도모키는 마지막 대안을 꺼내기로 했다. 또 거부당하면 이제 방법은 없다.

“……그러면 이제, 안나 선생님밖에 없는 거 같은데?”

당장 “안 돼!”라는 말이 나올 줄 알았는데, 고스모는 무시무시한 얼굴로 생각에 잠긴다. 다른 선택지가 없다는 걸 아는 것이다. 어쩌면 고스모도 선생님한테 의지하고 싶은 마음이 내내 있었는지도 모른다.

“안나라……. 역시 그 방법밖에 없나…….”

힘은 없지만 어딘지 모르게 안심한 듯한 말투였다.

그동안 고집부리면서 버텼지만, 틀림없이 계속 의논하고 싶었을 것이다. 하지만 진심으로 좋아해서 가정의 치부를 털어놓고 싶지 않은 건지, 아니면 의논해도 상대를 안 해줄까 봐 두려웠던 건지. 여하튼 다른 방법이 없다는 걸 알고 결심한 지금, 고스모도 어떤 의미에서 안도하고 있는 듯했다.

도모키도 고스모를 설득하고 안심했다. 안나 선생님이라면 분명히 어떻게든 도와줄 것이다. 어떻게든, 이라는 말은 즉, 고스모를 잘 설득해서 (혹은 설득 못 해도) 학교나 경찰에 신고해줄 거라는 의미다. 평범한 사람은 그 괴물을 감당하지 못한다. 당연히 젊은 여선생님이 그 인간을 처치해주길 기대하지 않는다.

"그러면 연락할게. 괜찮지?"

도모키가 확인했다. 고스모는 눈도 마주치지 않고 말없이 고개를 끄덕였다.

도모키네 학교에서는 '긴급한 경우 이외에는 직접 걸지 말라'는 주의 사항과 함께 담임선생님 집 전화번호를 알려준다. 휴대전화를 가지고 있는 건 알지만, 번호는 모른다. 여름방학이라 장기 여행이라도 떠났으면 도리가 없다. 집에 있기를 바랄 뿐이다.

그런데 그 바람도 허무하게 몇 차례의 벨 소리 후 나온 건 부재중 안내…… 그것도 안나 선생님 목소리가 아니라 전화기에 내장된 무뚝뚝한 음성 메시지였다.

'지금은 전화를 받을 수 없습니다. 삐 소리 후 메시지를 녹음해주세요.'

음성사서함에 메시지를 남기는 건 어색하다. 애당초 가족 이외에 전화를 걸 일은 거의 없지만.

그대로 끊을까 하다가, 한 가닥 희망을 품고 메시지를 남기기로 했다.

"어, 저기, 선생님, 저, 5학년 1반 후지사와 도모키예요.

안나 선생님…… 오시마 선생님 전화 맞죠? 저희…… 후지사와 도모키와 야마가미 고스모는 지금 뭘 어떻게 해야 할지 모르겠어요. 아니, 정말 어떻게 할지 모르겠어요! 선생님밖에…… 선생님밖에 의지할 사람이 없어요. 지금 바로 선생님 집에 가도 돼요? 갈 데가 없어요. ……일단 갈게요. 무슨 일 있으면 제 휴대전화로 전화 주세요. 번호는…….”

도모키는 마치 허공에 말을 하는 듯했다. 그 위화감을 억누르면서 애써 말을 이어갔고 그럭저럭 그럴듯한 메시지를 남기고 전화를 끊었다.

“……에이, 없구나.”

고스모는 안나 선생님이 집에 없는 게 마치 도모키 탓인 양 비난하는 투로 중얼거린다.

“……잠깐 외출하신 걸 거야, 분명히. 우리가 도착하기 전에 돌아오실지도 몰라.”

“정말 그럴까!”

고스모는 어차피 매사에 일은 잘 안 풀리는 거라는 듯 등받이에 털썩 기대고 천장을 올려다봤다.

기껏, 기껏 고스모가 마음을 바꿨는데 또 희망이 사라진다……. 그렇게 생각했을 때 아직 손에 들고 있던 휴대전화가 울려서 자신도 모르게 떨어뜨릴 뻔했다.

낯선 휴대전화 번호만 표시되어 있었다. 전에 시게오가

전화를 걸었을 때는 발신번호표시제한으로 왔으니 그 인간은 아닐 것이다. 그런데…….

도모키는 침을 꿀꺽 삼킨 뒤 통화 버튼을 눌렀다.

"……여보세요?"

"도모키? 도모키니?"

틀림없이 안나 선생님 목소리였다. 그 목소리를 듣는 순간, 이 악몽이 시작되기 전의 일상으로 돌아온 듯해서 눈물이 흐르려고 했다.

"네! 저, 도모키예요. 선생님…… 선생님, 도와주세요!"

안나 선생님과 통화하는 걸 안 고스모는 도모키 옆으로 엉덩이를 비집고 들어온다. 그리고 안나 선생님 목소리를 들으려고 도모키 휴대전화에 귀를 가져다 댄다.

"무슨 일인데 그러니?"

"저희…… 저희 고스모 아빠한테 쫓기고 있어요. 잡히면…… 죽어요."

도모키는 마지막 부분만 열차 안의 승객들을 의식해서 목소리를 조금 낮추고 말했다.

당장 믿어달라고 해도 쉽지 않을 줄 알았다. 그런데 안나 선생님은 잠시 입을 다문 뒤, 말을 했다.

"……아무튼 우리 집에 올래? 얼마나 걸려?"

안나 선생님 맨션은 고스모와 둘이서 근처까지 몇 번 간

적이 있다. JR 역에서 아마 15분 정도 걸렸을 터다.

"30분 정도……요?"

"알았어. 조심히 와."

"아…… 네."

도모키는 전화를 끊은 뒤에도 이제 살았다는 실감이 나지 않았다.

"뭐래? 안나가 뭐래?"

"집으로 오라셔."

"……흠……. 그렇구나."

고스모는 애써 기쁨을 억누르는 듯했다. 안도한 나머지 표정이 누그러진 걸 보이고 싶지 않은 것이다. 자기 자리로 돌아가 창틀에 팔을 괴고 유리에 얼굴을 바싹 붙여서 창밖을 내다보기 시작했다.

정말 알기 쉬운 녀석이다.

도모키도 창가에 앉아서 동네에 조금씩 가까워지는 풍경을 바라보았다.

역 개찰구를 나왔다. 도쿄에 가기 전과 똑같은 더위, 똑같은 매미 소리의 습격에 그때로 돌아간 느낌이 들었다. 정말로 어제…… 아니, 가이아가 죽기 전의 그저께로 돌아갈 수 있다면, 아무 일도 없던 걸로 할 수 있다면 얼마나 좋을까. 도모키는 절망했다.

아니, 그건 안 된다. 가이아 일은 정말 안타깝지만, 그 괴물을 내버려둔다면, 언젠가 분명히 이런 일은 일어났을 것이다. 고스모에게 닥쳤을 수도 있고, 어쩌면 둘 다일 수도 있다. 아무튼 이제 이런 일은 끝이다.

고스모도 도모키와 같은 생각이었는지, 아직 높이 떠 있는 태양을 쳐다보며 서 있었다.

"자, 가자."

도모키는 고스모의 배낭을 툭 치고 앞장서서 걸었다.

열차의 냉방으로 완전히 식었던 몸이 불과 5분 걸었는데 다시 땀투성이가 되었다. 하지만 피곤하지 않았다. 목적 없이 도망치는 것과는 다르다.

"그쪽 아니야."

도모키가 성큼성큼 걸어가는데 고스모가 뒤에서 불렀다. 모퉁이를 돌아야 하는데 잊고 있던 모양이다.

"이 편의점을 끼고 돌아야 해."

"그랬나?"

이번에는 도모키보다 고스모가 길을 더 잘 기억하는 듯하다. 어쩌면 혼자서 근처에 왔었는지도 모른다.

낯익은 맨션이 보이고, 고스모가 옳았다는 걸 알았다.

둘의 발걸음이 자연히 빨라지고, 앞다투어 현관 로비로 뛰어 들어갔다. 누가 인터폰을 울릴지 정하느라 잠깐 실랑이를 벌였다. 결국 도모키가 금방 졌고, 고스모가 안나 선생님 집 호수인 403을 입력한다. 그래놓고는 얄밉게도 도모키를 억지로 밀며 인터폰에 대고 이야기하라고 손짓했다.

"……누구세요?"

"아, 도모키……랑 고스모요."

"들어와."

대답과 동시에 도모키네 맨션과 똑같이 삐 하는 소리가 들리고, 출입문이 열렸다.

고스모가 먼저 뛰어 들어가서 엘리베이터 앞에 도착한다.

참 약삭빠른 녀석이다. 물론 엘리베이터는 같이 타고 올라가니까 서둘러도 의미는 없다. 도모키는 문이 열리기 시작하는 쪽을 차지하고 있다가 4층에 도착했을 때 먼저 뛰어나갔다. 둘이 쿵쾅쿵쾅 소리를 내면서 복도를 달려가는데 문이 열리고 안나 선생님이 고개를 내밀었다. 둘은 속도를 줄이고 마지막은 천천히 다가갔다.

"……안녕하세요."

가볍게 고개를 숙여 인사한 도모키는 안나 선생님 얼굴을 보고 깜짝 놀랐다.

움푹 들어간 눈에 짙은 다크서클. 전체적으로 안색이 칙칙하다. 불과 수일 전, 밝게 도모키와 친구들을 배웅한 그 안나 선생님과는 완전히 다른 사람 같았다. 청바지에 긴소매 트레이너 차림이다.

"선생님…… 왜 그러세요?"

도모키의 물음에 안나 선생님은 놀란 듯 얼굴에 손을 댄다.

"응? ……아아, 잠을 잘 못 자서 그런가. 걱정 끼치는 아이들이 많아서."

그러면서 미소 지었지만, 더 불쌍해 보였다. '걱정 끼치는 아이들'이 자신들을 가리키는 건 분명하다. 도모키는 미안한 마음이 들었다.

"……죄송합니다."

"아무튼 들어와서 얘기해봐."

"네."

고스모는 꿰다 놓은 보릿자루처럼 얌전해져서 아까부터 한마디도 하지 않았다. 긴장감에 몸이 굳었는지 어색한 동작으로 신발을 벗는다.

뭔가를 의논하거나 공부하거나 생일 파티를 할 때 동급생 여학생 집에 몇 명이 모인 적은 있다. 하지만 동경하는 안나 선생님 집은 더 특별하다. 그럴 상황이 아니란 걸 알면서도 역시 두근거리는 마음은 어쩔 수 없었다.

원룸일 줄 알았는데 의외로 넓다. 노트북이 놓인 책상과

239

텔레비전 앞에 낮은 테이블이 놓인 방으로 안내되었다. 옆으로 닫힌 미닫이문이 있는데, 침실일 것이다.

둘은 낮은 테이블 옆에 똑바로 앉은 뒤 배낭을 내려놓았다.

"편하게 앉아. 마실 거 줄게……. 아, 미안. 홍차 다 먹었는데. 커피는 안 되지? 잠깐 사 올게. 홍차? 아니면 주스?"

"아니요, 괜찮아요. 그보다……."

"나도 마시고 싶어서 그래. 금방 올게. 텔레비전이라도 보고 있어."

도모키가 필요 없다고 하는데도 선생님은 휴대전화와 지갑, 열쇠를 토트백에 대충 챙겨 넣고 뛰쳐나갔다.

선생님이 나가자마자, 고스모는 휴 하고 긴장을 풀더니 일어나서 방을 이리저리 둘러보고 여기저기 만진다. 주저 없이 미닫이문을 연다. 예상대로 침실이었다.

"야, 함부로 열지 마……."

"뭐 어때."

고스모는 작은 옷장 앞에 서더니 뭔가 생각하는 듯했다.

"여기 속옷도 들어 있을까?"

"안 돼, 열면!"

도모키는 당황해서 말했다.

"……안 열어."

그러면서 이번에는 깔끔하게 정돈된 침대를 만지더니 스프링 감촉을 확인하듯 힘을 줬다.

"하지 말라니까! 너, 변태냐!"

도모키는 고스모를 도저히 이해할 수 없었다. 선생님 앞에서는 제대로 말도 못 하면서 없으면 갑자기 저 모양이다.

다음은 이쪽으로 돌아와 책상에 늘어놓은 책과 벽에 붙여놓은 스냅사진을 뚫어지게 본다.

"……정말 남친 없나 봐. 그럴싸한 사진은 한 장도 없어."

도모키는 우리가 오기 전에 숨겼을 수 있다는 생각을 속으로 삼켰다. 고스모 기분만 좋아진다면 멋대로 생각하게 두는 편이 낫다.

베란다 커튼을 열어서 내다봤지만, 흥미로운 물건은 발견하지 못했는지 돌아온다.

고스모는 앉았다가도 안절부절못하고 다시 일어나서 방을 품평하기 시작한다.

"……왜 이렇게 안 와. 대체 어디까지 사러 간 거야."

"편의점이겠지. 아까 오다가 봤잖아."

도모키는 고스모의 의문을 듣고서 그제야 이상한 생각이 들었다.

그 편의점으로 갔다면 이렇게 시간이 걸릴 리 없다.

뭔가를 생각하기도 전에 도모키는 자리에서 벌떡 일어

났다. 그런데 왜 일어났는지 잘 모르겠다.

"야, 뭐냐. 사람 놀라게."

"……늦어."

"내 말이."

"그게 아니라. ……뭔가…… 무슨 일이 생겼나."

"무슨 일이 뭔데?"

"몰라."

모른다. 하지만 좋지 않은 일이다. 그건 분명했지만, 입 밖으로 내지는 않았다.

"잠깐 보고 올게."

도모키가 혼자 가도 괜찮을지 생각하는데 고스모도 말없이 일어나서 따라왔다. 결국 둘이 나가게 됐다.

문을 열고 바깥 동정을 엿보면서 엘리베이터 홀까지 갔다. 당장이라도 "미안. 많이 기다렸지?" 하면서 안나 선생님이 돌아오기를 기대했지만, 그런 일은 없었다.

결국 1층까지 내려가서 상황을 살피게 됐다. 둘 다 밖으로 나가면 다시 들어오지 못한다.

"걱정되면 전화해봐."

걱정은 고스모가 가장 많이 할 텐데 남의 일처럼 말한다.

"어…… 응."

도모키는 휴대전화 착신 이력에서 선생님 번호를 찾아

전화를 걸어보았다.

다섯 번, 열 번 연결음이 울린다. 어떻게 된 걸까. 일단 전화를 끊고 번호를 확인한 다음 다시 걸었다. 손으로 번호를 누르지 않기 때문에 번호를 틀릴 리는 없다. 다만 이전 이력과 착각했을 수는 있다.

다시 열 번 울렸지만 역시 받지 않는다.

선생님은 분명히 휴대전화를 가지고 나갔다. 전화를 못 받을 상황에 있는 걸까. 그리고 돌아오지도 못한다?

"고스모, 도망가는 게 좋을 거 같아."

"뭐? 뭔 소리야. 도망갈 데가 어디 있다고."

도모키는 맨션을 뛰쳐나가려다 짐을 놓고 나온 게 생각나서 도로 엘리베이터로 뛰어갔다.

"야, 어디 가!"

"배낭, 배낭!"

도모키가 돌아보지도 않고 소리치자, 고스모도 허둥지둥 따라왔다.

"야, 뭐가 그렇게 급하냐."

"……분명 이상해. 선생님이 전화를 안 받아."

"좀 기다리면 전화가 오거나 선생님이 돌아오겠지."

"아냐. 전화를 못 받게 된 거야."

"못 받게 되는 게 뭔데?"

"……그 인간한테 붙잡혔는지도 몰라."

"말도 안 되는 소리 하지 마! 안나가 왜 붙잡히냐?"

"우리가 도망칠 데는 이제 없잖아."

"잠깐만! 그 인간, 아직 도쿄에 있는 거 아니야?"

"신칸센이라도 타고 바로 돌아왔을 수 있어. 비행기도 있고."

도모키는 그런 비행기가 있는지 몰랐지만 대충 말했다. 엘리베이터가 4층에 도착했다. 도모키는 거리낌 없이 복도를 뛰어서 선생님 집으로 들어갔다. 배낭을 두 개 다 가지고 나와 현관에서 우물쭈물하는 고스모에게 떠넘기고 다시 엘리베이터로 갔다.

"야, 뭐가 그렇게 급하냐! 좀 더 상황을 지켜봐도 되잖아!"

"뭔가 이상해. 분명히 이상해."

도모키의 불안은 이제 확신으로 바뀌었다. 고스모가 여기에 남고 싶다면 이제 개별 행동을 해도 된다.

도모키는 고스모가 따라오든 말든 개의치 않고, 출입문을 뛰쳐나가 아까 지나왔던 길을 되돌아간다. 일단 집에 돌아가는 수밖에 없을 듯하다. 설령 고스모가 말릴지라도.

큰길로 나가는 모퉁이에 아까 본 편의점이 있었다. 무심코 거기로 시선이 갔고, 안에 있는 사람이 눈에 들어왔다.

안나 선생님이다.

안나 선생님은 눈앞의 작은 선반에 종이컵을 놓고 멍하니 팔꿈치를 괴고 있었다.

뭐야. 맥이 빠진 도모키는 휘청휘청 자동문을 통과해서 안나 선생님에게 걸어갔다. 문이 열리고 멜로디가 흘러나온 순간, 안나 선생님은 두 사람을 알아채고 시선을 보냈다. 그런데 무엇 때문인지 가게 구석으로 도망치려는 듯했다. 하지만 도망갈 곳이 없다는 걸 알고 이번에는 몸을 웅크렸다.

"……선생님……? 뭐 하세요?"

"오지 마! 내가 기다리고 있으랬잖아!"

난생처음 들어보는 안나 선생님의 신경질적인…… 그리고 이유를 알 수 없는 성난 목소리에 도모키는 엄청난 물리적 충격을 느꼈다.

"서…… 선생님이 안 오셔서…… 전화도 했는데…….."

"너희…… 너희 때문이야! 다 너희 때문이라고!"

안나 선생님은 울어서 빨갛게 부은 눈으로 둘을 노려보았다.

섬뜩했다.

상냥하고 밝은 예전의 안나 선생님과 도저히 같은 사람 같지 않았다.

건드렸다간 화상이라도 입을 듯한 안나 선생님의 증오

감에 도모키는 뒷걸음질을 쳤다. 갑자기 그 증오의 불길이 사라진 듯 안나 선생님은 무너져 내렸다. 그러더니 바닥에 손을 짚고 짐승이 신음하는 듯한 소리로 울기 시작했다. 편의점 직원과 손님 몇 명이 흠칫해서 쳐다봤지만 도모키는 알아채지 못했다.

어떡하지. 도모키도 언제부터인지 눈물을 흘리고 있었다. 안나 선생님이 왜 책망하는지 전혀 모르겠지만, 아무튼 가슴이 아프다. 괴롭다.

다시 자동문이 열리는 소리가 들렸다. 돌아보니 고스모가 슬금슬금 뒷걸음질 치면서 도망치려 하고 있었다.

에이 씨. 비겁한 자식. 안나 선생님을 좋아하면서.

그런데 그런 말보다 다리가 먼저 움직였다.

공포다. 이유를 알 수 없는 공포심으로 도모키의 다리는 혼자 움직이고 있었다.

뛰었다. 종종걸음 치는 고스모를 쫓아서 달렸다. 고스모도 뒤처질세라 속도를 올렸다.

둘은 해가 저물기 시작한 한여름의 주택가를 죽을힘을 다해 뛰었다. 어디로 가야 할지도 모른다. 안나 선생님한테서 도망치는지, 시게오에게서 도망치는지도 알지 못했다. 하지만 변해버린 안나 선생님의 모습이 시게오와 관련 있을 거라 확신했다. 역시 공포의 근원은 시게오다.

대체 어쩌다 이렇게 된 걸까?

도모키는 죽을힘을 다해 뛰면서 자문했지만, 답은 나오지 않았다.

물론 어쩌다 이렇게 됐는지는 안다. 하지만 정말 알고 싶은 답은 그게 아니다.

왜 자신이 이런 일을 당해야 하는가이다.

내가 뭔가 잘못했나? 전혀 아니다. 그런데 왜?

이제 도움을 청할 사람도 없다. 어떻게 해야 할지도 모르겠다.

"잠깐…… 잠깐만 기다려."

어느 틈엔가 뒤처져 있던 고스모가 잠긴 목소리로 뒤에서 부른다. 지친 탓인지, 충격 때문인지, 목소리에 힘이 하나도 없다.

도모키가 멈춰 선다. 뒤쫓아 온 고스모가 허리를 굽혀 무릎을 짚고 온몸으로 헐떡인다.

"조금만…… 쉬었다 가……."

코멘소리다. 얼굴을 일그러뜨리고 눈물 콧물을 줄줄 흘리고 있다. 또 이 얼굴이다. 하루에 두 번이나 고스모의 이런 얼굴을 볼 줄이야. 그도 그럴 만하다. 이제 아무것도 믿을 수 없고, 의지할 사람도 없다. 이번에야말로 사면초가다. 고스모가 아무리 센 척해도 이 상황에서는 나약한 소리가 나올 수밖에 없다.

이렇게 뛰면 뭐 해. 어차피 어디선가 쉬어야 하는데. 갈데도 없잖아. 도모키는 조금 진정된 뒤 그렇게 생각했다.

이제 어떻게 할지 다시 생각해야 한다. 그런데 이렇게 밖에서 멈춰 있으면 초조하고 불안해서 가만히 있을 수가 없다. 아스팔트에서 종종거리며 제자리걸음이라도 해야 조금이나마 진정이 된다.

고스모는 간신히 숨이 가라앉은 듯, 몸을 일으켜서 약간 차분해진 모습으로 말했다.

"미안. 이제 괜찮아."

"······우리, 이제 갈 데가 없어. 어떡할래? 도대체 어쩌면 좋겠냐고."

도모키의 말에 고스모는 한동안 잠자코 있었다. 이윽고 한 번도 들어본 적 없는 차가운 목소리로 말했다.

"······죽일 거야."

"뭐?"

도모키는 자신이 뭔가 잘못 들었거나 말을 놓친 줄 알았는데, 아니었다.

"역시 죽이는 거 말고 방법이 없잖아. 평생 도망 다닐 수도 없으니까."

고스모는 얼굴을 벅벅 문지르고 언제 절망감에 울었냐는

듯 상쾌한 표정으로 말했다. 하지만 그 눈은 그동안 본 적이 없을 정도로 어두운색을 띠고 있었다.

그렇다. 오래전에 그런 계획을 세운 적이 있었다. 그런데 그 일이 그저께였다는 걸 깨닫고 도모키는 충격을 받았다.

"어떻게?"

"……걱정 마. 이제 너 귀찮게 안 해."

"무슨 말을 그렇게 하냐. 둘이 해도 어려운데 너 혼자 어떻게 해."

"……그러면 도와줄래?"

"하, 할 수 있는 거면, 할게."

고스모는 웬일로 도모키의 얼굴을 똑바로 응시하고 미소 지었다.

"고맙다. 너밖에 없어, 내 진짜 친구는."

이제 와 무슨 소릴 하는 건가 싶다. 처음부터 친구라 할 수 있는 건 나밖에 없었는데.

"나, 너한테 못된 짓 많이 했는데 계속 친구로 있어줘서 정말 고맙다."

정말 맞는 말이다. 고스모가 자각하고 있다는 사실이 놀랍다. 정말 고스모 때문에 기분 상한 적도 많았다. 이번 일로 인간으로서 조금 성장한 걸까. 친구의 고마움을 안 걸까. 여하튼 조금은 어울리기 쉬운 상대가 돼준다면 도모키한테도 기쁜 일이었다.

"저번 계획, 괜찮았던 거 같아. 하지만 방망이로 때려죽이는 건 생각이 물렀어. 그 인간을 상대로 그런 소리 했다간 오히려 당해."

"……그러면 어떻게 하려고?"

"권총……이라고 하고 싶지만 무리잖아. 그 인간도 그런 건 잘 다루고. 적어도 칼 같은 걸로 찔러야 하는데. 긴 막대기 끝에 칼을 묶어서 창처럼 쓰면 안 될까?"

고스모 아이디어는 나쁘지 않은 듯했다. 목이나 심장을 잘 찌르면 아무리 그런 괴물이라도 단번에 죽일 수 있을지 모른다.

"그 생각, 좋은데!"

"같이 만들어줄래?"

"그래그래, 만들자. ……근데 칼은 어떡하지? 사? 우리가 살 수 있나?"

"칼 정도는 집에 있어."

고스모는 당연하다는 듯 말한다.

"물론 있겠지만, 그래도……."

"괜찮다니까. 그 인간은 아직 도쿄에서 어슬렁거리고 있잖아. 지금이 기회야."

머리로는 도모키도 같은 생각이다. 하지만 그 집에 돌아간다고 생각하면 불안감을 떨칠 수 없다. 가이아 시체가 있는 그 집에.

고스모네 집 앞에 왔을 때 해는 벌써 저물어 있었다. 서쪽 하늘은 아직 밝았지만, 가로등 몇 개에 이미 불이 들어와 있었다.

"아."

고스모가 문 앞까지 와서 얼빠진 소리를 낸다.

"왜?"

도모키는 저절로 속삭이게 된다.

"열쇠, 어디 있지?"

고스모는 바지 주머니, 배낭 주머니를 뒤적이면서 고개를 갸웃한다.

"난 모르지. 저번에 엽서 가지러 왔을 때 가지고 있었을 거 아냐."

"항상 목에 걸고 있는데 목욕을 했잖아. 어떻게 했더라……."

"조용히 해. 혹시 안에 있으면 어떻게 해."

"어? 있을 리가 없잖아. 그 인간은 도쿄에 있어."

정말 이 녀석의 느긋함은 어떤 의미에서 존경할 만하다. 문득 치명적인 생각이 떠올랐다.

"위험해. 어쩌면 그 인간이 먼저 돌아왔을지도 몰라."

"왜?"

"그야…… 특급이나 신칸센을 탔으면 우리보다 빨리 왔을 수 있어."

도모키 말에 고스모는 순간 흠칫한 듯했지만, 금방 웃어넘긴다.

"그 인간이 바로 돌아왔을 경우잖아. 우리를 찾으러 갔으니까 한동안 어슬렁거리겠지."

어떻게 이토록 낙관적일 수 있을까. 도모키는 이해가 잘 가지 않았다.

"아, 찾았다. 배낭 바닥에 있었어."

이윽고 고스모가 체인이 달린 열쇠를 찾아내 열쇠 구멍에 꽂는다. 찰칵하고 커다란 소리가 나서 도모키는 깜짝 놀랐다.

안에서 시게오가 나와도 언제든 도망칠 수 있게 두 걸음 물러난다. 현관으로 들어간 고스모가 의아해하며 돌아본다.

"왜?"

대답 대신 도모키는 현관 바닥을 봤다. 신발이 마구 어질러져 있어서 시게오가 있는지 명확한 증거는 찾을 수 없었다.

잠시 가만히 귀를 기울였다. 집에서는 어떤 기척도 전해지지 않았다.

"빨리 들어와. 지금 돌아오고 있을지도 몰라."

고스모 말이 정말 맞다. 도모키는 이런 곳에 어슬렁어슬렁 온 걸 이제야 격하게 후회했다.

뭐 하러 돕는다는 말은 해가지고. 그런 게 성공할 리 없잖아. 칼로 만든 창? 그 인간한테 그런 건 절대 안 통해. 통할 리가 없어. 칼에 찔려도 태연히 달려들 거야.

고스모가 그 인간을 죽이지 않으면 우리 둘 다 죽어. 만약 내가 아무것도 안 했어도, 거기에 같이 있다는 이유만으로 죽일 거야.

"빨리!"

고스모가 재촉했다. 도모키는 어떻게 할지 결정하지 못하고 고스모 집 현관에 들어섰다. 이제 돌이킬 수 없다고 생각하면서.

집은 그제 봤을 때와 똑같다. 그때 그런 장면을 보지 않았다면. 도모키는 불쾌한 기억이 되살아나서 눈을 꾹 감았지만, 오히려 그 기억은 선명해질 뿐이었다. 허둥지둥 눈을 뜨고 지금 여기에 시게오가 없다는 걸 다시 확인한다. 괜찮아. 그 인간은 없어.

"문 잠가."

고스모가 시키는 대로 몸이 절로 움직여서 문을 잠갔다. 고스모를 쫓아서 신발을 벗고 들어간다.

고스모는 곧장 부엌으로 가서 개수대에 놓인 칼을 집어 들고 뚫어지게 보고 있다. 머릿속으로 시뮬레이션을 하는지, 팔을 뻗고 입으로 효과음을 더하면서 찌르는 듯한 동작을 반복한다.

"휙…… 휙……."

그 모습에 이끌리듯 도모키도 부엌으로 들어가는데 뒤에서 바닥이 삐걱거리는 소리가 들렸다. 뒤를 돌아본다.

순간 눈앞이 번쩍하더니 도모키의 몸이 날아갔다. 테이블 다리 같은 데에 머리를 부딪쳤는지 한동안 괴로워 뒹군다.

"이놈의 자식들, 감히 날 가지고 놀아."

즐거운 듯한, 정말 즐거운 듯한 시게오의 목소리가 들렸다.

19

시게오도 아이들이 바로 집에 돌아올 줄은 몰랐다. 그냥 일단 옷을 갈아입고 잠깐 한숨을 돌리려고 했을 뿐이다. 그때 익숙한 고스모의 목소리가 들려서 방에서 숨죽이고 있었다. 그게 전부다.

시게오는 바닥에서 신음하는 후지사와 도모키와 고스모를 노려보면서 부엌으로 한 걸음 한 걸음 들어갔다.

"오늘 하루 휴가 내서 도쿄까지 왕복했다. 대체 얼마를 쓴 줄이나 아냐. 게다가 그 여자……."

시게오는 말을 하다가 입을 다물었다. 불필요한 이야기를 할 필요는 없다.

"여자?"

고스모가 되묻고, 쓰러진 도모키와 시선을 교환한다.

"그건 됐고. 고스모, 너 어떻게 매듭을 지으려는 거냐? 어? 너도 죽고 싶냐?"

고스모는 덜덜 떨리는 손으로 칼끝을 시게오 쪽으로 향하게 하고 있다.

"뭐? 설마 그걸로 날 찌르려던 건 아니겠지? 정말 그런 걸로 날 죽일 수 있을 거라 생각한 거냐? 농담도 작작 해라. 너 같은 겁쟁이가 대체 뭘 한다고?"

"……이 자식, 안나한테 무슨 짓 했어?"

기세는 좋지만 고스모 목소리가 떨린다.

"안나? ……아아, 오시마 선생님. 그 선생님이 뭐라 하던?"

그 여자한테는 단단히 위협해서 애들에게 연락이 오면 당장 알려달라고 일러뒀다. 그래서 이렇게 돌아올 수 있었다. 달려갔을 때는 둘이 도망친 뒤라서 그럴 여유가 없었지만, 조만간 상을 줘야 한다. 듬뿍.

"아무 말도 안 했어. 하지만 이상했어. 완전히 이상해져 있었어!"

"선생님은 말이지, 여자의 기쁨이란 걸 알게 됐단다. 그게 다지."

고스모가 그 말을 얼마나 이해했는지는 모른다. 하지만

한층 충격받은 모습으로 입을 턱 벌렸다.

"이 개자식! 개자식 같으니!"

분노로 인해 고스모의 목소리에는 간신히 힘이 조금 들어갔지만, 칼을 쥔 손은 더 떨고 있었다.

고양이 앞의 쥐라는 말이 있다. 오랫동안 교육을 잘 시킨 덕에 이 녀석은 내가 노려보기만 해도 꼼짝 못 한다. 칼로 찌르기는커녕, 주먹 하나도 나한테 휘두르지 못한다.

방을 뒹굴던 도모키가 고스모 등 뒤로 기어가서 도망치려고 한다.

"야, ……도망치자……. 도망치자고!"

도모키가 고스모의 옷자락을 기를 쓰고 잡아당긴다. 하지만 고스모는 시게오의 눈을 쳐다보면서 꼼짝하지 못하고 있다.

"잘 들어라. 이번 일은 정말 화가 났다. 솔직히 너를 죽이고 싶어. 하지만 나도 온정이라는 게 있어. 온정이라고 들어봤냐? 인간의 정이라는 거지. 네가 무릎 꿇고 사과하고 앞으로 아빠 말씀은 뭐든 다 잘 듣겠습니다, 하고 약속하면 목숨은 살려주려고 했어. 약간의 벌은 참아야겠지만."

시게오 말에 고스모는 의심스러운 시선을 보내지만, 칼끝이 점점 밑을 향해 처졌다.

"안 믿는 거냐? 거짓말 아니다. 이렇게 이야기를 하는 게 무엇보다 진실이라는 증거지. 안 그러냐? 너희 둘 죽이는 건 일도 아니니까."

"······너, 올 엄마 죽였지?"

갑작스러운 고스모의 공격에 시게오도 조금 움츠러들었다.

"뭔 소리냐. 네 엄마는 제 발로 나갔어. 그리고 어떻게 됐는지는 몰라."

"웃기지 마! 그 엽서, 네가 보낸 거잖아! 엄마가······. 엄마 죽여놓고····· 죽은 거 숨기려던 거잖아!"

고스모 말에 시게오는 휴 한숨을 내뱉더니 돌변했다.

"······그럴지도 모르지. 그러면 뭐? 너도 죽고 싶냐? 안 죽고 싶냐? 어느 쪽이냐?"

"야마가미! 이런 인간이 하는 말 듣지 마!"

도모키가 필사적으로 야마가미 고스모의 팔을 잡아당겨 설득을 시도한다.

정말 별난 녀석이야. 시게오는 새삼 도모키를 바라보았다.

"······도모키. 너, 고스모 친구냐? 정말 이런 녀석이 친구야?"

그 질문에 도모키는 순간 말문이 막힌 듯했지만 바로 가슴을 펴고 대답한다.

"친구예요. 우리는…… 친구예요."

그 대답에 시게오는 자신도 모르게 웃었다.

"친구! 고스모한테 친구라고! 무슨 그런 농담을. 이런 자식과 어울려봤자 좋을 거 하나 없을 텐데. 친구! 대체 뭣 하러 이런 자식을 위해 그렇게까지 하는지 이해가 안 가지만. 가르쳐주련? 고스모의 장점 하나라도."

"야마가미…… 고스모는…… 용기가 있어요."

"용기? 용기라. 그런 게 이 녀석한테 있을 거 같지는 않은데. 이 녀석은 멍청하고 비겁하고, 게다가 교활하기까지 해. 완전 바닥이야. 제 엄마 닮아서."

"엄마 욕하지 마!"

"어이구. 꼴에 말에는 위세가 있구나. 손이 떨리는데. 오줌 지릴라. 벌써 지렸나?"

"여하튼, 아저씨는…… 아저씨는 이제 끝이에요. 사람을 둘이나 죽여놓고, 어떻게 도망쳐요."

"둘? 그 여자, 역시 죽었구나……."

"그 여자라니, 누구요?"

"어젯밤에 너희를 재워준 사람. 그 한국인 말이야."

***

도모키는 숨이 멈추는 줄 알았다.

나루미 누나가…… 죽었다고? 이 자식 손에?

"거짓말! 어떻게…… 어떻게…….."

"너희를 재워준 얘기도 듣고, 여기로 돌아왔다는 것도 다 들었다. 그 여자가 순순히 말을 안 한 탓이지. 가볍게 때렸는데……. 그렇구나, 죽었구나."

"거짓말!"

나루미 누나가…… 죽었어. 우리와 엮여서. 어떻게 이런 일이. 우리가 이 괴물을 거기까지 안내했어.

"아니, 잠깐. 그 한국인 얘기를 하는 거 아니었나? 내가 둘이나 죽였다니, 대체 뭔 소리냐?"

"뭔 소리냐니……. 이제 와 시치미 떼지 말라고! 아줌마도 죽었잖아! 아줌마와 가이아, 가족을 둘이나 죽여놓고!"

기묘한 공기가 흘렀다. 시게오는 이해가 안 간다는 표정으로 도모키와 고스모를 번갈아 보았다.

"내가…… 가이아를……?"

"아저씨가 가이아를 죽이고, 마당에 묻었잖아! 혹시 아줌마도 거기 있는 거야?"

시게오는 도모키의 외침을 듣고 있지 않은 듯했다.

"고스모……."

저 밑바닥에서 울리는 듯한 시게오의 목소리를 듣고 고스모가 몸을 움찔했다.

"와, 고스모, 넌 내가 생각한 것 이상이야. 감탄했다. 너의 밑바닥에. 그렇지?"

그 말에 도모키는 침을 꿀꺽 삼키고 시게오와 고스모를 번갈아 보았다. 대체 이 인간은 무슨 소리를 하는 걸까?

"……야마가미……?"

"너, 아까 말했지? 야마가미 고스모와 친구라고. 고스모, 고스모. 대체 넌 이 녀석이 뭐라고 생각하냐?"

"……친……구……."

고스모가 기어드는 목소리로 답한다. 시게오는 잘 안 들린다는 듯 과장되게 손을 귀에 갖다 댄다.

"뭐라고? 친구? 친구라고 했냐? 와우. 정말 대단해. 어떻게 친구한테 그런 짓을 할 수 있는지. 나도 못 하는데. 너한테는 바닥 중의 바닥이라는 호칭을 주마."

"뭔 소리야."

도모키는 혼란스러워서 시게오가 무슨 소리를 하는지 전혀 이해하지 못했다.

시게오는 말했다.

"아직도 모르겠냐? 그래, 난 틀림없이 이 녀석 엄마를 죽였어. 하지만 말이야, 가이아는 죽이지 않았다. 가이아를 죽인 건 저 녀석, 고스모야."

도모키는 머릿속이 새하얘졌다. 아무 말도 나오지 않

왔다.

"그날 무슨 일이 있었는지는 차분히 고스모한테 들어봐야 해. 분명한 건 내가 돌아왔을 때 컴퓨터가 망가져 있었고, 가이아가 죽어 있었다는 거다."

시게오의 설명에 도모키는 고스모를 쳐다봤다. 고스모는 시선을 피하고 아무 말도 하지 않았다.

"야마가미……."

"아마 컴퓨터를 망가뜨려서 싸운 거겠지? 솔직히 말한다, 안 한다 하면서. 아니면 가이아가 망가뜨린 걸로 하자는 말에 그 애가 싫다고 했거나."

시게오의 말에 고스모가 움찔했다. 그 말이 진실이었던 것이다.

가이아를 죽인 게…… 고스모? 그러면 지금껏 우리는 무엇으로부터 도망치고 있었던 거지?

"하지만…… 하지만 아저씨는 가이아를…… 시체를……."

"왜 묻으려고 했냐고? 그야 사정상 어쩔 수 없어서 아니겠냐. 내가 둘을 노상 패고 있던 건 이웃 사람들, 교사, 관공서 사람들도 모두 아는 일이고. 내가 아니라 장남이 죽였다고 해도 누가 믿겠냐? 자기 자식을 죽여놓고 그 죄를 다른 자식한테 덮어씌우는 금수만도 못한 부모라고 하겠지. 게다가 마당에는 그……."

262

시게오는 말을 하다가 입을 다문다.

역시 아줌마도 거기 있다. 도모키는 확신했다.

"아무튼 지금 이 집에서 가이아 시체가 발견되면 곤란해. 그래서 난 그 녀석을 공양해주지도 못하고 슬픔 속에서 시체를 묻어야 했단다. 이 모든 게 다 고스모 너 때문이다."

그 말에 고스모는 다시 경련하듯 움찔 몸을 떤다.

"그래그래, 그렇구나."

갑자기 시게오는 뭔가 이해했다는 듯 이마를 탁 친다.

"그날 네가 왜 이 도모키라는 녀석과 같이 돌아왔는지 잘 이해가 안 갔는데, 그렇구나. 넌 이 녀석을 속였어."

"속여……."

도모키는 이제 아무것도 이해하지 못한 채로 그저 말을 따라 할 뿐이었다.

"너, 저 녀석한테 뭐라고 해서 데리고 온 거냐? 놀러 오라고 했냐? 돈 한 푼 없는 네가 혼자 나한테서 도망치긴 어려울 테니. 부잣집 도련님이라면 집에 재워도 줄 거고. 여기에 데리고 와서 내가 가이아를 처리하려는 걸 일부러 보여주면 든든한 길동무가 생길 거라 생각한 거야."

이 모든 게 고스모의 계략이었다? 내가 운이 나빠서 휘말렸던 게 아니라고?

"야마가미…… 야마가미…… 이쪽 좀 봐봐……. 이쪽을

보고 말해줘. 전부 다 거짓말이라고 말해!"

"'친구'라면 사실을 가르쳐줘. 동생을 죽였습니다, 그 죄
를 아빠한테 뒤집어씌우려고 했습니다, 게다가 친구를 속여
서 같이 도망쳤습니다, 라고. 자, 어서 말해."

"거짓말!"

"……거짓말 아냐."

고스모가 눈을 내리뜬 채 떨리는 목소리로 말했다. 얼굴
은 고통으로 일그러져 있었다.

"거짓말 아냐, 거짓말 아니지만, 나 무서웠어. 저 인간이
…… 아빠가 날 죽일 거라고. 컴퓨터 부쉈다고 했지? 가이아
가 죽은 건 말 안 했지만, 컴퓨터 부순 건 진짜야. 거짓말 아
니잖아. 컴퓨터 부수면 분명 날 죽일 거 알았어. 그런데 가이
아 자식, 솔직히 말하면 용서해줄 거라나. 그 녀석은 아직 어
려서 좀 봐주고 있으니까. 나는 죽이겠지만, 가이아는 안 죽
여. 나중에 내 용돈 준다고 했어. 앞으로 평생 받을 용돈, 전부
준다고……. 그런데 그 멍청이가……."

점점 울먹이는 소리로 바뀌어, 무슨 말인지도 알아들을
수 없었다. 구슬 크기는 됨 직한 눈물방울이 뚝뚝 바닥에 떨
어져 튄다.

"그래그래. 이제 고백 타임 끝. 왜 넌 친부를 살인귀처럼
생각하는 거냐? 난 불필요한 살생은 안 해. 상대가 생각보다

약할 경우 죽기도 하는 것뿐이지. 그런 건 살인이라고 안 하지. 상해치사라고 한단다, 알겠냐? 죽일 의도가 없었으니 살인이 아니고, 죄도 가벼워."

정말일까. 세상에 그런 논리가 정말 있을까.

"네 엄마는 몹쓸 여자였다. 너희를 버리고 도망치려고 했어. 도망치기 전에 죽어서 도망치지는 않았지만, 도망치려고 한 건 사실이다. 그런 몹쓸 엄마한테 늘 주던 벌을 줬더니…… 어디가 안 좋았던 건지, 심장이 멈췄어. 내가 잘못한 거 같냐? 아니지? 자, 말해봐. '아빠 잘못이 아니야' 하고."

"……아빠 잘못이 아니야."

고스모는 순순히 그 말을 따라 했다. 도모키는 눈앞의 광경이 믿기지 않았다.

"나쁜 건 그 여자다. 자업자득이다.'"

"……나쁜 건 그 여자다. 자업자득이다."

그 말을 듣더니 시게오는 두 팔을 벌리고 도모키에게 어쩌냐, 하는 얼굴을 한다.

"……야마가미……."

소용없다. 야마가미 고스모는 아빠 앞에서는 아무것도 못 한다. 동급생 중에서 가장 난폭하고 선생님 말씀도 안 듣는 고스모지만 아빠는 절대 거스르지 못한다. 죽이기는커녕, 침도 뱉지 못할 것이다.

"그래, 평소 고분고분하던 고스모로 돌아왔어. 언제까지나 그렇게 내 말을 잘 들으면 죽이지는 않아. 알겠냐?"

"……네."

어느새 고스모의 두 팔은 밑으로 처졌고 칼도 완전히 아래를 향해 있었다.

"옳지. 그러면 우선 저 녀석을 죽여."

"에?"

"어?"

둘이 동시에 되물었다.

"되묻긴 뭘 되물어. 네가 그동안 속여온 저 '친구'란 걸 죽여보라고. 이제 필요 없잖아. 아니지, 방해만 되지. 저 녀석은 이제 네가 가이아를 죽인 것도 알아. 내가 너희 엄마를 죽인 것도 말이다. 언제 누구한테 그걸 떠들지 몰라. 마당도 좁아지긴 했지만, 애 하나쯤은 아직 어떻게든 될 거야. 자, 어서 해. 그게 네 충성의 증거다."

시게오의 말에 도모키는 머리가 풍선처럼 부풀어서 펑 터질 것만 같았다.

"안 돼…… 안 돼……. 야마가미…… 야마가미!"

"자, 그 칼로 날 어쩌려고 했지? 떠올려봐. 그런 걸로 날 죽일 수는 없지만, 저 녀석이라면 너도 할 수 있을 거야. 자, 해봐."

계속되는 시게오의 재촉에 고스모는 왜 자신이 이런 걸 들고 있는지 모르겠다는 표정으로 손에 쥔 칼을 이리저리 살펴보았다. 그리고 공허한 시선으로 도모키를 쳐다봤다. 이쪽을 보는 듯하면서도 초점 없는, 그런 눈이었다.

"옳지, 착하지. 단숨에 안 하면 친구를 괴롭게 만들 뿐이야. 집도 더러워져. 단숨에 해치워."

시게오가 말했다. 도모키는 내내 저주라도 걸린 듯 움직이지 못했지만, 고스모가 로봇처럼 천천히 한 걸음 내딛는 것을 보고 튕기듯 도망쳤다. 거실 쪽으로 도망쳐서 창문을 열어 밖으로 나가려고 했지만, 잠겨 있었다. 한 손에 칼을 쥔 채 느릿느릿 다가오는 고스모를 보면서 문을 열고 있을 여유는 없었다.

빙글 몸을 돌려서 다다미방으로 이어지는 미닫이문을 향해 돌진한다. 문을 열고 있을 여유는 없다. 몸으로 부딪쳐 문과 같이 쓰러졌다.

"씨발! 어딜 가!"

시게오가 소리친다. 도모키가 찢어진 문에 발이 걸리면서도 일어나자 복도에는 시게오가 돌아 나와 있었다. 거실에서는 고스모가 넘어진 문을 신중하게 피하면서 다가온다.

"안 돼! 야마가미! ……제발……."

눈물이 흐르면서 시야도 흐려진다. 사타구니에 주르륵

뜨거운 게 퍼졌다. 뜨거운 물을 뿌렸다는 생각이 들 정도였지만, 자신의 소변이었다.

다 끝났어. 난 죽을 거야. '친구'라고 생각했는데……. 아니, 그렇게 생각하진 않았지만, 어쩌면 진짜 친구가 될 수도 있을 거라고 생각했는데 이렇게 죽다니.

난 아직 초등학생인데. 이런 괴물과 그 괴물 뜻대로 조종당하는 로봇한테 죽는구나.

도모키는 눈물과 콧물로 범벅이 되어 딸꾹질이 멈추지 않았다.

"고스모, 얼른……."

짜증 난 듯한 시게오가 말을 끊었다.

갑자기 주변이 조용해졌다. 다음 순간, 유리 깨지는 소리가 들리고 거실에 사람들이 우르르 쏟아져 들어왔다.

에필로그

도모키는 간호사실에서 알려준 병실을 발견하자, 뛰어가고 싶은 걸 꾹 참고 빠른 걸음으로 다가갔다. 그리고 노크도 하는 둥 마는 둥 하고 안을 들여다봤다. 뒤에서 엄마가 곤란한 표정으로 쫓아왔다.

여섯 개의 침대는 다 찬 듯하지만, 사람이 없거나 커튼이 쳐져 있어서 한 번에 훑어볼 수 없다. 가까운 데부터 하나씩 살짝 들여다보다가 가장 안쪽 침대에서 찾던 이를 발견했다.

도모키가 살며시 다가가자, 잠든 듯한 여자는 몸을 뒤척이더니 눈을 깜빡였다.

한때 나루미는 집중치료실에 있었지만, 마침내 안정되어 일반 병실로 옮겨졌다. 하지만 얼굴은 아직 눈과 입만 남겨놓고 붕대를 둘둘 감아놔서 마치 미라 같았다. 침대 위 명패가 없으면 나루미라고 확신하지 못했을 것이다.

도모키는 뛰어가서 얼굴을 들여다보고, 시트 위에 나와 있던 팔을 가만히 만졌다. 보이는 범위만 봐도 색이 변하고 부은 걸 알 수 있었다. 팔도 온통 붕대와 반창고투성이다. 지금도 링거 바늘이 꽂혀 있다.

기쁨의 눈물인지, 분함의 눈물인지 모를 눈물이 흘러나왔다.

"나루미 누나…… 죄송해요……. 죄송해요……."

나루미는 대답 대신 도모키의 손을 맞잡았다.

나루미는 시게오에게 폭행당해 중상을 입었지만, 걱정되어 달려온 가게 점장에게 발견되어 빈사 상태에서 목숨은 부지했다. 두 사람의 진술을 대조한 경찰이 추가 범행 가능성이 있다고 판단하였고, 도모키네 지역 현경에 연락했다. 그 덕에 도모키도 목숨을 건지고, 시게오는 체포됐다.

"죄송해요……. 우리가…… 우리 때문에……."

뒤에 서 있던 엄마가 가만히 도모키의 어깨에 손을 얹고 머리를 숙인다.

"우리 애가 크게 신세를 졌다고……."

나루미는 고개를 가볍게 저으려다가 어딘가 통증이 느껴

지는지 얼굴을 찡그렸다.

"됐어요! 가만 계세요!"

도모키는 당황하여 제지한다.

나루미가 웅얼웅얼 무슨 말을 했다. 부상 탓인지, 붕대 탓인지, 우물거려서 잘 들리지 않는다.

도모키가 입가에 귀를 가져가자, 희미한 목소리로 "고스모는?" 하는 소리가 들렸다.

도모키는 잠시 말없이 고개를 숙이고 있었지만, 대답을 안 할 수도 없다. 결심하고 이야기한다.

"……경찰들이 집 안에 들이닥쳤을 때, 고스모는…… 고스모는 저를 죽이려 하고 있었어요. 걔 아빠가 시켜서."

그 말에 붕대 속 나루미의 눈이 휘둥그레진다.

"걔 아빠는 얌전히 붙잡혔고, 이제 모두 살았다고…… 다 끝났다고 생각했는데……."

도모키는 목이 메고 눈물이 터져서 더 이상 말을 잇지 못했다. 엄마가 뒤에서 도모키를 끌어안고 "그만 됐어. 그만 됐어" 하고 말한다.

하지만 도모키는 반드시 전해야 한다고 생각했다. 자신에게는 그럴 의무가 있다고. 하지만 그 대상이 나루미인지 고스모인지는 모르겠다.

가까스로 호흡을 가다듬고 단숨에 말했다.

"고스모는 자기 목을 찔렀어요……. 찔렀다고요."

고스모의 마지막 모습이 떠올라 도모키는 더 이상 말을 잇지 못하고, 아기처럼 엄마한테 매달려 울었다.

그 뒤 야마가미 시게오 집에서는 아내 마스미와 차남 가이아의 시신이 발견되었고, 그는 두 건의 살인죄로 기소됐다. 가이아 건은 장남 고스모의 범행으로 동급생 후지사와 도모키가 진상을 안다고 시게오는 주장했다. 하지만 도모키는 그 주장을 전면 부정했다. 야마가미 고스모와 줄곧 같이 있었기 때문에 가이아는 그 애 아빠가 죽인 거라고 생각합니다, 하고 반복해서 증언했고, 시게오는 두 건의 살인 혐의로 유죄가 확정되어 무기징역에 처해졌다.

작가의 말

옛날부터 도망치는 이야기를 좋아했다. 고립되어 구원받을 길 없는 주인공이 압도적으로 강한 적을 피해 그저 도망치거나 어딘가를 향해 포위망을 빠져나간다. 그런 이야기로는 시대극 〈뚫고 나가다〉와 TV 시리즈 〈도망자〉 〈초인 하루쿠〉가 있고, 영화로는 〈워리어〉 〈글로리아〉, 소설로는 스티븐 킹의 《저주받은 천사》, 기타카타 겐조의 《도피의 거리》 등 셀 수 없이 많은 작품이 있다.

비교적 최근(이라고 해도 15년 넘게 지났지만)에 '역시 난 이런 게 좋아' 하고 새삼 깨닫게 해준 책이 스티븐 킹의 《로즈매더》다. 폭력 경찰 남편이 도망친 아내를 끝까지 쫓는데, 아내가 도망을 결심하는 불과 수 페이지에서 아내의 성격과 함께 남편의 무서움이 전해져서 완전히 빠져들었다.

전에도 '도망치는 이야기'는 몇 편 쓴 적이 있는데, 이번에는 《로즈매더》 분위기를 연출하려고 했다(앞으로도 계속 쓸 예정이다). 하지만 분량은 전혀 따라가지 못했다. 원래 짧게 쓰는 경향이 있는데 한술 더 떠서 더 짧아졌다.

왜냐하면 사실 이 작품의 플롯은 원래 '미스터리 랜드'용으로 구상했기 때문이다. '미스터리 랜드'는 '과거 아이였던 당신과 소년, 소녀를 위해'라는 명목의 신간 총서인데, 일단 아동서 체재를 취하면서도 기본은 작가 자신의 판단에 맡기는 형식으로, 아주 느슨하다. 하지만 나로서는 역시 아동용이니까 주인공은 아이로 하자, 가능하면 아이의 트라우마가 되는 이야기를 쓰자고 생각했다. 그래서 이런 플롯을 세웠는데……. 역시 아무리 가볍게 써도 바탕은 잔인한 이야기임에 변함이 없었고, 주인공 또래의 독자들이 읽기에는 좀 무리라고 여겨져 망설여지는 부분이 있었다.

결국 다행인지 불행인지, 다른 이야기를 지어낼 수 있어서 '미스터리 랜드'에는 《잠자는 공주와 뱀파이어》라는 작품을 주기로 하고, 이 플롯은 아이는 그대로 주인공으로 둔 채 어른을 대상으로 하기로 했다.

그래서 '소년, 소녀'를 제외한 '과거 아이였던 당신'이 즐겨주었으면 하는 마음이다.

마지막으로 〈메피스토〉 잡지에 연재할 때부터 단행본으로 나오기까지 폐만 끼치고, 신세만 진 가와하라 다케시 씨, 포기하지 않고 독촉해주셔서 감사합니다.

아비코 다케마루

늑대와 토끼의 게임

초판 1쇄 발행일 2024년 6월 10일
초판 2쇄 발행일 2024년 9월 1일

지은이 아비코 다케마루
옮긴이 김윤수

발행인 조윤성

편집 박고운 **디자인** 김효정 **마케팅** 서승아, 김진규
발행처 ㈜SIGONGSA **주소** 서울시 성동구 광나루로 172 린하우스 4층(우편번호 04791)
대표전화 02-3486-6877 **팩스(주문)** 02-585-1755
홈페이지 www.sigongsa.com / www.sigongjunior.com

글 ⓒ 아비코 다케마루, 2024

ISBN 979-11-7125-333-3 03830

*SIGONGSA는 시공간을 넘는 무한한 콘텐츠 세상을 만듭니다.
*SIGONGSA는 더 나은 내일을 함께 만들 여러분의 소중한 의견을 기다립니다.
*잘못 만들어진 책은 구입하신 곳에서 바꾸어드립니다.

┌─ **WEPUB** 원스톱 출판 투고 플랫폼 '위펍' _wepub.kr ─┐
위펍은 다양한 콘텐츠 발굴과 확장의 기회를 높여주는
SIGONGSA의 출판IP 투고·매칭 플랫폼입니다.